Celia ♥

www.loqueleo.es

Ronda de Europa, 5. 28760 Tres Cantos, Madrid
Teléfono: 91 744 90 60

ISBN: 978-84-9122-547-8
Depósito legal: M-32061-2023
Printed in Spain - Impreso en España

Primera edición: febrero de 2024

Directora de la colección:
Maite Malagón
Editora ejecutiva:
Yolanda Caja
Coordinación editorial:
Marta Olivares
Dirección de arte:
José Crespo y Rosa Marín
Proyecto gráfico:
Marisol del Burgo, Julia Ortega y Laura Ruiz

Las materias primas utilizadas en la fabricación de este libro son reciclables y cumplen ampliamente con la normativa europea de sostenibilidad, economía circular y gestión energética.

MALDITAS MALDICIONES

Marina Tena Tena

CUENTOS PARA
ROMPER LOS SUEÑOS

Ilustraciones de
Bartolomé Seguí

loqueleo

1

Regresar a la casilla de salida

Resulta extraño descubrir que las maldiciones existen. Más extraño aún saber que tus padres están prisioneros de un sueño sobrenatural. Y más extraño y siniestro descubrir que la persona en la que confías es, en realidad, una especie de hechicero y el culpable de todo. Pero lo más extraño, lo más irreal, lo más desquiciante es que, después de todo esto, te obliguen a hacer los deberes.

Por no hablar de lo complicado que era intentar concentrarse en un tren. Las mesas del asiento eran tan estrechas que tenía que sostener el libro sobre las piernas, y el traqueteo hacía que se me formasen borrones en el cuaderno. Chasqueé la lengua con disgusto. Me gustaba mantener el orden incluso en las páginas.

—¡Esto es una crueldad! —se quejó Rata dramáticamente—. Azpiazu, ¿no tienes un poquito de piedad en tu corazón?

Rata no es ningún roedor parlante, es mi hermana pequeña. Su verdadero nombre es Catalina, que es un nombre demasiado cursi para el torbellino de energía con rizos rubios que es mi hermana. Tenía nueve años, cuatro menos que yo, y llevaba bastante bien el haber esquivado por los pelos una serie de catástrofes. Dos días antes habíamos escapado del ataque de un matón y tres leones monstruosos..., que resultaron ser tres chicos víctimas de una maldición.

Está mal que yo lo diga, pero no solo salvé la vida de Rata, sino que también me enfrenté al matón y encontré la forma de resolver la maldición de la casa fantasma de Toledo. ¡Y, por si fuera poco, descubrí que Ovella estaba detrás de todo! Ernesto Ovella era el secretario de la empresa de mis padres, ¡y el mismo diablo Cojuelo! Desde que mis padres se quedaron dormidos, él se encargaba de gestionar su empresa. ¡Tenía todo el sentido que quisiera dejarles fuera de juego! Y no estaba dispuesto a permitirlo. Por eso, no tenía ningún sentido que Azpiazu, nuestra imponente institutriz, nos obligase a hacer deberes y se empeñase en que fingiéramos que no sabíamos nada.

—¡Es quien ha echado la maldición a nuestros padres! —protesté.

Azpiazu se llevó un dedo a los labios. Quizá me estaba dejando llevar por la emoción. Había alzado demasiado la voz y la pareja de mediana edad sentada delante de nosotros nos miró con las cejas enarcadas.

—Precisamente —respondió mi institutriz en tono más bajo—. Si no nos equivocamos y es tan poderoso como para maldecir así a los demás, no nos conviene ir de frente a por él. Lo inteligente es averiguar una forma de contrarrestar su poder.

—Entonces..., ¿nos crees? —preguntó Rata esperanzada.

Yo también ladeé la cabeza interesado. Hasta ese momento, Azpiazu se había mantenido escéptica a pesar de haber sido testigo de cosas que no tienen explicación. Como el hecho de que el agua de un pozo mágico hubiera cambiado mi color de pelo de negro a un blanco resplandeciente. Iba a ser de lo más interesante explicárselo a mis compañeros de clase.

—Tengo mis dudas —reconoció nuestra institutriz con gesto serio—. Y es otra de las razones por las que estoy convencida de que lo más prudente es simular que no ha pasado nada. Si encontramos algo que demuestre que lo que decís es cierto..., actuaremos. Y, ahora, dejaos de excusas y acabad los ejercicios. No voy a dejar que lleguéis a clase sin hacer la tarea.

10 —¡Qué aguafiestas! —refunfuñó Rata—. Vivimos el fin de semana más interesante de nuestras vidas y tenemos que terminarlo estudiando.

Pero Azpiazu era inflexible. Al menos, lo era la mayor parte del tiempo. Por eso había llegado a sospechar de ella. Esa mujer alta y fría llegó a nuestras vidas poco después de que nuestros padres cayeran en ese sueño tan extraño. Sin embargo, a veces las apariencias engañan y había resultado mucho más fiable que Ovella. ¿Quién iba a desconfiar de un hombre tan simpático y agradable como el secretario de mis padres? Me había tragado con patatas sus mentiras.

Aún no sabíamos qué era lo que quería de mis padres. Debía de ser bastante valioso, si le había merecido la pena pasar años fingiendo trabajar para ellos. ¿Sería dinero? ¿Algo del trabajo?

Cuando el tren por fin llegó a Madrid, ya había terminado casi toda la tarea del instituto. No quería reconocerlo, pero Azpiazu había conseguido que pasáramos el viaje de vuelta tan concentrados en los deberes que no tuvimos tiempo de estar preocupados por la vuelta a casa.

Solo cuando llegamos a nuestro portal se me erizó la piel. Rata también estaba más callada y eso que no se calla nunca. Entramos a nuestro edificio con la misma solemnidad con la que se entra a un museo.

La sensación de victoria por lo que habíamos conseguido en Toledo se desvaneció según subimos los pisos en el ascensor. Al llegar a la puerta de nuestra casa, en vez de pletóricos, nos sentíamos derrotados. Aún nos quedaba mucho para regresar a la normalidad y para rescatar a nuestros padres de su sueño.

Rata y yo nos miramos al entrar en casa y, sin decir nada, subimos las escaleras del dúplex para visitar el cuarto donde nuestros padres dormían. Seguían inconscientes, sin ninguna señal de haber mejorado. Estaban conectados a los aparatos de hospital, que convertían el dormitorio en algo parecido a una sala de experimentos.

Tenían goteros para alimentarlos y máquinas que se aseguraban de que respirasen y sus corazones siguieran latiendo. En mitad de todos los cables y los aparatos, mis padres descansaban uno al lado del otro, como si durmieran.

Mi madre acariciaba en sueños la alianza de matrimonio. No recordaba que el anillo de plata le quedase tan grande. Los dos habían perdido peso durante el tiempo que llevaban dormidos. Pensar en lo mucho que se querían hizo que se me humedecieran los ojos. Apoyé una mano en el hombro de mi hermana y dije con voz más segura de lo que me sentía:

—Se pondrán bien. Encontraremos la forma de hacer que se recuperen.

—¿Me lo prometes? —preguntó con voz ronca.

—Te lo prometo.

2

Un reencuentro de lo más tenso

Aún no habíamos deshecho las maletas cuando alguien llamó a la puerta. Al principio no le di importancia. Mis padres solían estar tan ocupados con la empresa que no solo se traían el trabajo a casa, ¡muchas veces se traían también a los empleados! Estaba acostumbrado a las visitas de trabajo y a encontrarme con desconocidos en mi salón.

Pero entonces reconocí la voz que saludaba con alegría desde la entrada.

—¡Hola, chicos! ¿Qué tal el viaje?

La sangre se me congeló en las venas. Era Ovella.

Ernesto Ovella no parece un tipo peligroso, ¡al contrario! No es muy alto. Lleva el pelo claro peinado hacia atrás, tiene una sonrisa afable y unos ojos demasiado fijos en nosotros.

No me gusta.

Rata se acercó a mí con los ojos muy abiertos. Buscaba mi protección y me esforcé en parecer valiente, aunque, por dentro, estaba tan asustado como ella.

Cuando descubrimos que era él quien había hechizado a la familia de Toledo y estaba detrás de la enfermedad de mis padres, me sentí tan lleno de rabia que pensé que sería fácil enfrentarme a él. En ese momento recordé que puede hacer maleficios y no me sentí tan valiente. Así que intenté que la voz no me temblase al contestar:

—Bien. Hemos aprendido mucho.

—Menudo cambio de *look*. —Señaló mi pelo sin perder la sonrisa.

Me llevé una mano a la cabeza. ¿Sabría que era el agua del pozo encantado lo que había hecho que mi pelo se volviera blanco? Por si acaso, me encogí de hombros tratando de quitarle importancia.

—Rata me dijo que me quedaría bien —respondí con cautela.

—Me sorprende que hayáis convencido a Azpiazu. Pero tu hermana tiene razón: te sienta bien —dijo con una risa agradable acercándose por el pasillo.

Se me puso el pelo de punta. ¿Sabía que sospechábamos de él? ¿Que habíamos sido nosotros los que rompimos la maldición de Toledo? Podría tener formas de controlar que sus maldiciones siguiesen activas. Si había notado algo en la casa de Toledo justo en los días que estuvimos allí... Las rodillas me temblaron.

—Contadme, ¿qué habéis estado haciendo? Toledo es una ciudad de lo más mágica.

Esa elección de palabras no podía ser casualidad. Di un paso para colocarme delante de Rata, preparado para protegerla, pero... ¿cómo? Antes de que pudiera pensar en una respuesta, la voz serena y grave de Azpiazu nos rescató.

—Buenas tardes, señor Ovella. Iba a mandar ya a los niños a que se dieran una ducha antes de la cena. No quiero que se duerman tarde y mañana rindan mal en el colegio.

Hubiera podido besarla, y no suelo besar a las personas que me hacen cumplir las normas. Ovella la miró de reojo antes de asentir.

—Por supuesto. Venía a por unos papeles de la compañía. Llevar todo el peso es agotador. Lamento decir que, en estos días, no ha habido cambio en el estado de los señores.

«Seguro que mucho no lo lamentas» pensé, pero apreté los dientes y me giré hacia Rata tratando de parecer normal.

—Venga, enana. Te cedo el enorme privilegio de pasar primero a la ducha. ¡Si no la dejas llena de pelos!

Azpiazu se quedó en el pasillo, fingiendo que estaba distraída con el teléfono, el tiempo que Ovella tardó en subir al despacho de mis padres y bajar con una carpeta. ¿Qué habría cogido? Me fijé en que, al salir, había cerrado la puerta con llave. Mis padres solían dejarla abierta; se fiaban de nosotros desde que Rata había aprendido que no podía hacer aviones de papel con los documentos de la empresa. Ovella, en cambio, llevaba todo con más secretismo.

Me lanzó otra sonrisa extraña antes de irse de casa.

—Bueno, Lorenzo. Nos vemos pronto. Ya me contarás bien qué habéis hecho en el viaje.

¿Era cosa mía o había una amenaza escondida en la frase?

Tan pronto como se fue de casa, Rata salió del baño y asomó la nariz al pasillo. Azpiazu frunció el ceño y yo no pude contenerme más:

—¿Ves? Tiene que estar detrás, ¿por qué iba a venir aquí justo ahora a preguntarnos por el viaje? Creo que sabe algo. —Caminé acelerado de un lado a otro del pasillo.

—Es una posibilidad —dijo Azpiazu reticente. Puede que no quisiera darme la razón, pero ella también había sentido algo extraño en el ambiente. Estaba lo bastante preocupada para no dejarnos a solas con él.

—Tenemos que averiguar la verdad.

Traté de abrir la puerta de su despacho. Por supuesto, Ovella se había asegurado de cerrar bien con llave y no fui capaz de girar el pomo.

—¡Malditas maldiciones! —mascullé.

—No estoy segura de que vayamos a encontrar nada ahí dentro —continuó Azpiazu, y volví mi atención hacia ella—. Pero mañana, cuando estéis en el colegio, puedo pedir que venga un cerrajero y decir que se ha atascado la puerta.

—No funcionará —suspiré—. Nuestros padres tienen una empresa de seguridad y no te darán permiso para abrir la puerta de su despacho. Seguro que avisarán al mismo Ovella.

Mis padres eran los dueños de Praesidium, compañía que se encargaba de custodiar edificios, objetos de valor y, en ocasiones, proteger personas. La empresa era como un tercer hijo para ellos, y me daba rabia pensar que Ovella se ocupaba ahora de gestionarla. ¿Y si era eso lo que quería de mi familia? Tener el control de una exitosa empresa de seguridad sonaba bastante interesante.

Azpiazu dio unos toquecitos al suelo con el pie tratando de encontrar una solución. Yo probé de nuevo a tirar del pomo por pura frustración. Si había alguna pista en nuestra casa, tenía que estar detrás de esa puerta.

—No os preocupéis, yo me encargo —anunció Rata en tono alegre.

Mi hermana había aprovechado este rato para escabullirse a su cuarto y volver con un juego de ganzúas. A Rata siempre le ha gustado enredar con las cerraduras, y nuestro padre le regaló ese juego por su sexto cumpleaños.

«No sabes la cantidad de gente que se compra una caja fuerte muy segura para guardar algo preciado y luego pierde la llave», le dijo. «Nuestra empresa no solo se dedica a proteger, también hay veces que tenemos que recuperar lo que se ha perdido».

A mamá no le hizo mucha gracia y a mí menos, porque Rata pasó mucho tiempo abriendo todos los pestillos que encontraba en casa. ¡Incluso el del baño cuando yo me estaba dando una ducha! En ese momento, me alegré más que nunca de que papá decidiera hacerle ese regalo.

—¡Eres la más lista! —exclamé.

Rata sonrió y se agachó para tener la cerradura a la altura de los ojos. Abrió el estuche y eligió dos ganzúas pequeñas. Trasteó un rato antes de cambiar de herramientas. Me recordaba a un dentista que intentaba deshacerse de una caries. Azpiazu tenía los brazos en jarras y los labios apretados en una fina línea. Estoy convencido de que no le parecía del todo bien el pasatiempo de mi hermana.

Rata resopló y volvió a cambiar de ganzúa.

—¿Crees que puedes? —pregunté preocupado—. Puedo ayudarte…

En ese momento, se escuchó un chasquido metálico. Rata esbozó una sonrisa victoriosa y la puerta se abrió sin ninguna resistencia.

El despacho estaba abierto y, si había algún secreto, se encontraba al alcance de nuestras manos.

3

Nombres y garabatos

Rata y yo entramos a la vez, antes de que Azpiazu pudiera detenernos. Nuestra institutriz pasó justo después:

—No mováis nada de sitio —nos ordenó. Recorrió el despacho con la mirada como si fuera un halcón buscando una presa.

—¿Cómo vamos a encontrar algo si no podemos mover nada? —protestó Rata.

Ella ya había quitado el cuadro de una puesta de sol en colores oscuros que ocultaba la caja fuerte de nuestros padres. Yo no quería perder tiempo allí. No sabía qué joyas o dinero guardaban allí mis padres, pero sí que se abría con una llave que no le dejaban a nadie y con un código numérico que ni siquiera nosotros conocíamos.

Me hubiera apostado mi bicicleta nueva a que Ovella tampoco tenía forma de abrirla, así que no podía habernos ocultado nada allí dentro. El solo hecho de pensar que ese hombre se movía por el despacho de mis padres como si fuera Pedro por su casa me ponía enfermo. Ahora teníamos que desplazarnos con cuidado en nuestra propia casa.

—Tenemos que asegurarnos de dejar cada cosa en su lugar —les recordé, y me dirigí al escritorio.

Era un mueble grande y de madera labrada, bastante señorial. A mamá le parecía poco práctico, pero a nuestro padre le encantan las antigüedades. La verdad es que parecía salido de otra época, y el ordenador quedaba extraño sobre una mesa más propia de la Edad Media. El ratón estaba apoyado en un cuaderno que hacía de alfombrilla, y los altavoces, camuflados detrás de un portalápices. Encendí el ordenador, pero, por supuesto, Ovella había cambiado la contraseña.

—Ojalá se te diera tan bien romper las barreras informáticas como las físicas —le dije a Rata en un suspiro.

Abrí los cajones del escritorio. Había carpetas, contratos y caramelos de menta de los que le encantan a mi madre y hacían que sus besos dejaran aroma fresco en la mejilla. Me di cuenta de que llevaban tanto tiempo dormidos que empezaba a pensar en ellos en pasado, como si me resignase a la idea de no recuperarlos. Fruncí el ceño y seguí apartando papeles. Tenía que haber algo útil.

Facturas, informes, contratos... Cerré el último cajón, frustrado, y me eché hacia atrás en la silla. Y entonces me di cuenta de que el cuaderno sobre el que estaba el ratón no era como el que usaban mis padres.

El pulso se me aceleró y lo cogí para examinarlo. Era un cuaderno de tapa dura, tapizado en tela negra y no tenía nombre ni marca. El único adorno visible era un gallo con cola de serpiente en color plata. ¡El símbolo del diablo Cojuelo! ¡La identidad secreta de Ovella! Me puse en pie de un salto.

—¡Tenéis que echar un vistazo a esto!

Rata dio un grito de emoción y se colocó a mi izquierda:

—¡Ábrelo! ¡Ábrelo!

Azpiazu, al contrario, se quedó muda antes de acercarse a mi derecha. Abrí el cuaderno con manos temblorosas y empecé a leer notas manuscritas con trazos largos y elegantes. Ya había visto antes esta letra, en el contrato que firmó la chica de la casa encantada de

Toledo. Lo que leía no eran contratos macabros, solo nombres, fechas y direcciones, con alguna anotación a la que no lograba darle sentido:

Francisco T. Moreno: caballero del pez. Badajoz.

Emilia Carmona: encerrada en el espejo. Soria.

Matilde Portela: vestir la piel de una cabra. Madrid.

Sentí un escalofrío al recordar un incidente de lo más

espeluznante que viví hace unas semanas en el metro: un matón se acercó mucho a una chica que le suplicaba que la dejara tranquila. Antes de que pudiera hacer algo, ¡la chica se convirtió en una cabra negra!

¡Sabía que era algo sobrenatural y que tenía relación con nuestros padres! Pasé las páginas cada vez a más velocidad, buscando algo de información sobre ellos. Llegué a la última y solté un gruñido de frustración.

—¡No me lo puedo creer!

La última página estaba arrancada. Cerré el cuaderno con un resoplido. Ahora que por fin nos estábamos acercando a la verdad nos topamos con una puerta cerrada.

—Al menos tienes que reconocer que Ovella es el que hace maldiciones —dijo Rata mirando desafiante a Azpiazu.

—Lo que me parece es que esto se está volviendo demasiado peligroso para un par de niños.

Quise protestar. Puede que Rata fuera una niña, pero yo ya había cumplido trece años. Si podía enfrentarme a problemas con ecuaciones, también podía hacer frente a maldiciones que parecían salidas de cuentos. Pero Azpiazu cerró el cuaderno sin escuchar mis protestas.

—Mañana tenéis que ir a clase y no hay más que hablar —dijo llevándose el cuaderno.

—¿Cómo vamos a fingir que no pasa nada? —protesté—. ¡No podemos dejar que nuestros padres sigan dormidos para siempre!

—Investigaré para encontrar una forma de solucionarlo, pero no sería responsable poneros en peligro. Después de todo, soy la encargada de vuestra seguridad.

Rata se cruzó de brazos, pero Azpiazu había tomado una decisión y ya sabíamos lo rígida que podía ser. No habría forma humana de convencerla. Solo que, a lo mejor, no teníamos que convencerla...

Aparte de ser un experto en maldiciones, un deportista aceptable y un estudiante excelente, tengo una memoria bastante buena. Lo suficiente para haber memorizado algunos de los nombres que había leído en la libreta. Así que me fui a la cama sin rechistar. Si Azpiazu no nos dejaba investigar, tendríamos que hacerlo por nuestra cuenta.

Tan pronto como me metí en el cuarto, agarré mi tableta para hacer una búsqueda. No encontré a ningún Francisco Moreno, ni a ninguna Emilia Carmona ni a Matilde Portela, pero con el cuarto resultado hubo más suerte. Luis Velero era un chico cordobés que había protagonizado varias noticias locales por llevar meses de marcha. Había salido caminando de su pueblo y había seguido, sin detenerse, hasta llegar al siguiente, y luego a otro, y luego a otro.

Había pocos reportajes sobre él y todos eran recientes, como si, por algún motivo, nadie encontrase tan extraño que el chico llevara nueve meses caminando sin parar. Había visto algo parecido en la casa de Toledo: Alba, la chica prisionera de la maldición, nos había contado que durante años la gente pasaba por delante de su casa sin prestar atención. Incluso, cuando hacían pedidos de comida, los repartidores los dejaban en la puerta y se marchaban, olvidando la casa maldita tan pronto como se daban la vuelta.

Solo cuando empezaba a agotarse el tiempo que el diablo Cojuelo les había dado para que la maldición se hiciera permanente, los demás empezaban a ser conscientes de que pasaba algo raro. Revisé las noticias de Luis. Todas eran de unas semanas a esta parte. Eso quería decir que el tiempo se le agotaba. ¡Tenía que encontrarle!

Y no solo porque quisiera rescatarle de su maldición, ¡podía saber algo más sobre el diablo Cojuelo y ayudarnos a encontrar una forma de detenerle!

4

Un viaje atropellado

—Tienes ojeras de vampiro —se rio Rata con la boca llena de cereales a medio masticar—. Entre eso y el pelo blanco va a parecer que vas disfrazado de Halloween al colegio.

Esbocé media sonrisa, aunque me pesaba el cansancio. Me había pasado gran parte de la noche buscando todas las noticias de Luis para intentar encontrarle. ¡Es muy complicado rastrear a alguien que no se queda quieto!

Pero había merecido la pena. Logré dar no solo con su ubicación, sino también con su ruta. En las redes habían surgido un par de cuentas que le seguían, intrigados por su eterna caminata. La titular de una de ellas había hablado con él tan solo unos días antes y le había hecho un par de vídeos. Al preguntarle por qué caminaba sin parar, Luis había insinuado una sonrisa temblorosa.

—No puedo detenerme hasta gastar estos zapatos. ¡Me juego el alma!

Había acabado la frase con una carcajada y la chica que le entrevistaba se había unido a la risa. Yo, en cambio, pensé que había miedo en la voz de Luis y que esa carcajada se parecía a un sollozo.

—¿Y tienes un destino? ¿Hay algún sitio al que quieras llegar?

—De momento seguiré el río —respondió Luis—. Supongo que estoy buscando un milagro. Si el agua fue capaz de correr hacia arriba, tal vez también haya otro milagro para mí.

—¡Es el reto más loco que nunca he visto! —exclamó la chica en tono alegre.

El vídeo acababa ahí, pero era más que suficiente. El río que Luis estaba siguiendo era el Júcar y ni siquiera me hacía falta abrir el buscador para saber que desembocaba en Cullera. Había calculado la velocidad a la que caminaba Luis y debería llegar a la playa esa misma tarde o al día siguiente.

Así que no podía permitirme perder el tiempo en clase. ¡Estaba en juego algo mucho más importante!

Como si me leyese la mente, Rata entrecerró los ojos.

—Algo tramas.

—¿Yo? ¡Qué va!

No me gustaba dejar a mi hermana fuera, pero Azpiazu tenía razón en una cosa: era peligroso y Rata no era más que una niña de nueve años, aunque fuera la niña de nueve años más valiente del mundo entero. No era justo que la pusiera en peligro otra vez.

Había encontrado una forma de llegar hasta allí por mi cuenta.

Usar el DNI de mis padres y su tarjeta de crédito para sacarme un billete de tren estaba mal; firmarme una declaración por la que me daban permiso para viajar solo, aún peor, y saltarme clases para recorrer el país en busca de una persona literalmente maldita era... tan malo que se salía de todas las listas de buena conducta. Al menos no he robado, o eso pensé para intentar justificarme. Mis padres tenían una cuenta para nuestros gastos y es la que usé para comprar los billetes del tren. Hubiera usado mis ahorros, pero esa cuenta bancaria estaba bloqueada hasta que cumpliera los dieciocho años.

Luis había hablado con Ovella, por lo que tal vez tenía algo de información útil. Los hermanos en Toledo a los que habíamos rescatado no podían salir de casa ni tener contacto con el mundo. Luis, al contrario, era incapaz de detenerse. ¡Ni siquiera sabía si podía dormir!

Había preparado mi mochila de colegio, pero en vez de libros llevaba el tique del tren, la cartera, el cargador del móvil y otras cosas que me parecían necesarias para hablar con un maldito. Me había pasado gran parte de la noche preparando el viaje y el cansancio hacía que me picaran los ojos mientras intentaba desayunar con normalidad. Aun así, o no era lo bastante bueno mintiendo o Rata me conocía demasiado bien. Mi hermana volvió a entrecerrar los ojos mirándome fijamente mientras se llevaba una cucharada de cereales de colores a la boca.

—Tú estás muy calladito esta mañana —insistió.

—Solo tengo sueño —respondí con un encogimiento de hombros—. Y deja de hablar con la boca llena.

—No es eso. Hay algo más. Será mejor que me lo digas. —Rata me amenazó con la cucharilla y un par de gotas de leche de colorines me salpicó en la frente.

—Venga, chicos —dijo Azpiazu entrando en la cocina—. Tenemos que salir de aquí en cinco minutos o llegaremos tarde.

Azpiazu me salvó del interrogatorio, pero no de la mirada inquisidora de Rata, que no me perdía de vista. Estaba tan pegada a mí que, literalmente, en el ascensor sentía su aliento en mi espalda. Menos mal que nos separábamos en el metro: Azpiazu se quedó con ella para acompañarla hasta el colegio y a mí me dejaron libre.

Solté un suspiro cuando las perdí de vista en el intercambio de trenes. Yo tendría que haber cogido la línea cuatro, pero en vez de eso me quedé en el mismo andén del que ellas habían partido y cogí el siguiente metro de la línea uno. El que me llevaría a Atocha, desde donde tomaría el tren a Cullera.

Aún no había salido de mi ciudad y ya sentía la adrenalina hormigueando por las venas. Tenía la sensación de que toda la gente del vagón podía leerme la mente y sabía que estaba a punto de hacer algo prohibido. Desde luego, me estaban mirando, aunque podría ser más por el color blanco de mi pelo que por supuestos poderes telepáticos.

Llegué a Atocha con tantos nervios en el estómago que me costaba caminar y no correr. Ya me había escapado para hacer cosas que no me estaban permitidas, pero lo había hecho acompañado de Rata. Estar sin ella me hacía sentir más vulnerable.

Estaba tan nervioso al pasar el control de seguridad que pensé que el corazón se me escaparía por la garganta. Y no ayudaba tener el pelo de un llamativo color blanco. Los vigilantes me dedicaron una mirada antes de seguir revisando los escáneres. Casi suspiro de alivio. ¡No me habían detenido! Estaba un paso más cerca de mi misión.

Las palmas de las manos me sudaban al sacar de la mochila el billete de tren que había impreso, junto con la autorización falsa. Podía enseñarlo en el móvil, pero no quería arriesgarme a que se quedase sin batería ni a cualquier otra cosa que pudiera salir mal. Tenía un nudo en la garganta al acercarme y revisar los paneles de información. Mi tren iba a salir en treinta y cinco minutos, y quedaba un rato para que nos dejaran montar. Paseé de un lado a otro. Llevaba mejor los nervios si estaba en movimiento. Para cuando abrieron las puertas, tenía el billete tan manoseado que era un milagro que las letras no se hubieran emborronado.

El móvil me empezó a vibrar en ese mismo instante. Era el número de Azpiazu. Tragué saliva y desvié la llamada. La fila avanzaba demasiado lenta o yo estaba demasiado acelerado. Azpiazu empezó a llamar de nuevo y volví a cortar la llamada con un nudo en el estómago. ¿Por qué insistía tanto? Era pronto para que se hubiera dado cuenta de que me había marchado.

Solo quedaba una mujer delante de mí, pero había algún problema con su billete. El encargado la ayudaba y yo intentaba que las manos no me temblaran. Esperaba una llamada más de Azpiazu, pero el móvil se mantenía en silencio. ¿Habrían llamado del colegio para preguntar por qué faltaba? Fuera como fuese, no veía el momento de entrar en el tren y alejarme antes de que me atraparan.

Una voz conocida carraspeó a mi espalda.

—Deberías haber cogido el teléfono.

Me giré con los ojos abiertos de par en par. No me lo podía creer. Me respondió con una sonrisa de victoria y los brazos en jarras.

5

El lugar de los milagros

No tenía ni idea de cómo había podido dar conmigo, pero allí estaba mi hermana. Tenía una sonrisa de oreja a oreja y la pose de una supervillana. No había venido sola, por supuesto. Detrás de ella, como si fuera su guardaespaldas, Azpiazu me fulminaba con la mirada, cruzada de brazos.

—Pero ¿cómo me habéis...? —Ni siquiera pude acabar la frase.

—Sabía que estabas tramando algo —dijo Rata—. Y como tú no me lo querías decir, se lo conté a Azpiazu.

—Eso no explica cómo me habéis encontrado tan rápido —protesté.

No era la primera vez que me planteaba si esa mujer tan alta y seria tendría algún tipo de poder mágico. ¡Si hasta parecía una bruja! Si fuera gallega en vez de vasca me habría apostado todos mis videojuegos a que era una meiga.

Ella arqueó una ceja.

—En realidad, no pensaba que fueras a hacer algo tan irresponsable —dijo con tono de estar decepcionada—. Así que busqué tu localización en el GPS para tranquilizar a Catalina y me di cuenta de que tu hermana tenía toda la razón. Estabas en Atocha.

—¡Y no pensábamos dejar que te salieras con la tuya y te librases de mí! —exclamó mi hermana.

La señora de delante ha terminado y el revisor nos mira con una sonrisa interrogante. Suspiro. Adiós a mi plan de encontrar a Luis y averiguar algo más del diablo Cojuelo, supongo. Pero, para mi sorpresa, Azpiazu avanza y enseña el tique digital de su billete.

—¡Adelante! —exclama el hombre antes de mirarme—. ¿Tiene su billete a mano?

—Sí, pero… —balbuceo tan confuso que Rata tiene que ayudarme.

Con una carcajada, mi hermana me quita el papel de la mano y se lo entrega al revisor. Solo cuando estamos caminando por el andén recupero el habla:

—Habéis comprado billetes... ¡Si no sabíais a dónde iba!

—Has usado la tarjeta de crédito de tu padre, a la que tengo acceso —me explicó Azpiazu—. Así que fue fácil entrar para ver si había algún gasto reciente. Y lo había. He reservado los nuestros de camino aquí.

—Pensaba que me llevaríais a casa —confesé—. Y que lo haríais atándome de pies y manos si hacía falta.

Mi hermana sonrió. Estaba encantada de conocerse.

—Me ha costado mucho convencer a Azpiazu. Lo que has hecho está fatal, pero tú nunca te escaparías si no estuvieras convencido de que has encontrado algo que merece la pena investigar.

—Así que más vale que nos pongas al día durante el viaje —dijo Azpiazu con tono serio—. Y, por supuesto, estarás castigado a la vuelta. Ya pensaremos cómo.

Me parecía justo y no quería probar más mi suerte, así que no protesté. Esperé a que estuviéramos sentados y que el tren se pusiera en marcha para contarles todo lo que había estado investigando.

—Estoy convencido de que Luis también es una víctima del diablo Cojuelo —dije al terminar—. Y llega esta tarde a Cullera. Tenemos que encontrarlo.

Compartí su foto y los vídeos que había encontrado de él en redes. Azpiazu los observó con el ceño fruncido antes de sacar el móvil del bolso y empezar a escribir, concentrada. No tenía ni idea de qué estaba haciendo, solo confié en que no me delatara. No iba a ser fácil, pero estaba decidido a encontrar a Luis y averiguar cuanto pudiera sobre la verdadera identidad de Ovella. Y, aunque me hubiera ganado un castigo a la vuelta, tenía que reconocer que me alegraba de no viajar solo.

Llegamos a la hora de comer y, a pesar de que estábamos en otoño, Cullera tenía una temperatura suave y agradable. El abrigo nos sobraba y el cielo estaba luminoso.

—¿Podemos ir a la playa? —preguntó Rata con ojos distraídos por los escaparates veraniegos y las palmeras.

—Estamos de misión —le recordé.

Teníamos que encontrar a Luis, pero ¿dónde empezábamos a buscarlo? Puede que Cullera no fuera tan grande como Madrid ni tuviera tantos escondites como Toledo, pero no dejaba de ser una ciudad bastante grande. Por no hablar de que el joven que buscábamos no tenía ni idea de que íbamos a su encuentro, y no paraba de caminar.

Para mi sorpresa, Azpiazu comprobó algo en su teléfono y esbozó una sonrisa casi imperceptible. Y entonces nos hizo un gesto para que la siguiéramos.

—Por aquí.

—¿Sabes dónde podemos encontrarle? —pregunté sorprendido.

Azpiazu se encogió de hombros.

—No quiero que os hagáis muchas ilusiones, pero, en el vídeo, Luis dice que busca un milagro y que va a un sitio donde el agua corrió hacia arriba. Creo que sé a lo que se refiere.

Dejamos atrás las avenidas que dan al paseo marítimo para adentrarnos por las calles del interior. Los edificios más antiguos no eran demasiado altos. Estaban construidos en piedra y tenían los tejados naranjas. Había arbustos bajos y las calles eran cada vez más empinadas. Me arrepentí de no haber desayunado mejor mientras seguía el paso a Azpiazu, que nos explicaba a dónde nos guiaba.

—Hay una leyenda que dice que, para construir el castillo, toda la gente de Cullera puso su granito de arena. De forma literal, porque incluso los bebés que iban a la espalda de sus madres llevaban piedrecitas y guijarros en la mano para ayudar.

—Pues menuda ayuda, ¡si los tenían que llevar en brazos! —exclamó Rata.

—Es una leyenda —le recordó Azpiazu—. El caso es que el aguador cargó a sus dos mulas, pero, para poder llevar el agua, la gente del pueblo formó una cadena y se fueron pasando los cántaros. Se decía que el agua corría hacia arriba. Creo que Luis puede referirse a eso.

Deseé que Azpiazu tuviera razón. De vez en cuando seguía revisando las redes sociales, pero no había nada nuevo sobre Luis Velero. Si no hubiera sido una maldición, sino un chico que intentaba romper un récord, habría periodistas lanzándole preguntas mientras caminaban a su lado y una multitud de personas esperando para vitorearle en los sitios por los que pasaba.

Pero con las maldiciones pasaba eso: la mayoría de la gente era incapaz de prestar atención a lo que pasaba, y los pocos que lograban hacerlo lo olvidaban poco después o no le daban importancia. Eso explicaba que no hubiera un equipo médico investigando qué era lo que pasaba con mis padres, y que no se esforzaran tanto en estudiar su caso.

Estaba tan concentrado en mis pensamientos que no me di cuenta de que habíamos llegado a las murallas hasta que Rata dejó escapar un silbidito.

—Me encantaría vivir en un sitio así.

—Creía que no te gustaba mucho ser una princesa —la pinché de broma. A mi hermana nunca le han gustado los cuentos ni las películas de príncipes y princesas.

—Los castillos también son las casas de las reinas, ¡y eso sí que está guay! Puedes cambiar leyes y ordenar que sea obligatorio desayunar chocolate. Además —añadió con la barbilla muy alta—, ya he sido delegada de clase, así que seguro que podría ser una reina estupenda.

Me pareció ver una sonrisa escondida en los labios de Azpiazu, pero no dijo nada. La verdad es que el castillo era impresionante. Con la imponente muralla de color arena en la que podía imaginarme perfectamente a unos soldados con lanza y armadura haciendo guardia para defenderlo.

Esperaba que Azpiazu tuviera razón. No sabía si este lugar era mágico y dudaba mucho que Luis tuviera la suerte de que le ocurriera un milagro solo por llegar allí, pero merecía la pena verlo. Sin embargo, los únicos

grupos de personas visibles eran una excursión de jubilados que caminaba sin prisas y se paraba cada pocos pasos, y un grupo de turistas con bermudas y gafas de sol que iba detrás de una guía joven. La mujer llevaba una chaqueta negra a pesar del buen tiempo y cambiaba de idioma sin pestañear, del inglés al alemán, mientras el grupo hacía fotos. Por suerte para ellos, ninguno parecía víctima de una maldición.

Azpiazu buscó una sombra en la que pararnos a descansar.

—Yo necesito ir al baño —avisó Rata—. Además, tengo hambre.

—¿Y por qué no fuiste en la estación? —murmuró Azpiazu, que rebuscó en su bolso hasta sacar una barrita energética—. Toma.

—Urgh, ¿de plátano? ¿No tienes una de chocolate?

Empezaba a pensar que el viaje había sido una mala idea. Luis no tenía rumbo, ¿y si cambiaba de idea? ¿Y si nunca se había referido al castillo? Las horas pasaban insufriblemente lentas y Rata tenía más quejas, y yo cada vez menos paciencia. Menos mal que Azpiazu se mantenía inalterable. Solté un suspiro de cansancio.

—A lo mejor deberíamos buscar un sitio donde pasar la noche. Puede que Luis no...

No terminé la frase. Entre los arbustos, por un camino de tierra, me fijé en una figura menuda que venía andando. Se movía rápido, a paso alegre, como si tuviera prisa por llegar. El ritmo era tan ligero que contrastaba con su cara, porque tenía las mejillas hundidas, las ojeras marcadas y los ojos enrojecidos. Habíamos encontrado a Luis. O, mejor dicho, Luis venía a nuestro encuentro.

6

Un encuentro apresurado

No sé si alguna vez has conocido a un famoso. Hay una sensación rara al encontrarte en persona a alguien que has visto solo a través de una pantalla. Es como si lo conocieras y al mismo tiempo es la primera vez que lo ves. Y, aunque tú sepas cosas de esa persona, no dejas de ser un completo desconocido para ella y es difícil abrir una conversación.

Pues es más difícil aún cuando esa persona sufre una maldición. Concretamente, si no puede estarse quieta.

—¡Es él! —exclamé antes de salir a correr a su encuentro.

—¡Lorenzo, espera! —gritó Azpiazu, pero yo ya estaba en plena carrera.

Le alcancé cuando Luis estaba llegando a la muralla. Iba jadeando, con la vista fija en el sendero y caminando a toda pastilla. Las botas hacían un ruido metálico a cada paso: «clinc, clonc, clinc, clonc». Luis ni siquiera parecía haberme visto, aunque había ido directamente a por él.

—¡Hola! Eres Luis, ¿verdad? Me llamo Lorenzo.

El chico alzó la cabeza para mirarme. Debía de tener unos dieciocho o veinte años. Era difícil decirlo, con el rostro tan demacrado y las mejillas rojas del esfuerzo.

—¿Nos conocemos? —me preguntó.

—No, pero conocemos a la misma persona. Y no es un amigo, precisamente. Hablo del diablo Cojuelo.

Luis dio un respingo, lo cual tuvo mérito porque en ningún momento sus pies perdieron el ritmo. Alzó la cabeza para mirarme con los ojos muy abiertos y la cara pálida. Ahora sí que había captado del todo su atención.

—¿A ti también te ha lanzado una maldición? ¿Por eso tienes el pelo blanco?

—No exactamente. A mí no me ha hecho nada, sino a mis padres —le expliqué—. Fingía ser un secretario muy agradable y consiguió trabajar para ellos.

—Engañar se le da de maravilla —masculló con rabia.

Azpiazu y mi hermana nos alcanzaron en ese momento. Las presentaciones fueron breves, después de todo, Luis no podía detenerse ni siquiera un instante. Empezamos a dar vueltas alrededor de las murallas, y no nos quedaba otra que seguirle para poder hablar con él. Azpiazu y yo podíamos apretar el paso, pero las piernas de Rata eran más cortas. Tenía que ir trotando para no perderse la conversación.

—¿Cómo le conociste tú? —preguntó Rata.

—Es una historia un poco larga —farfulló Luis, aunque luego pareció pensárselo mejor. Se pasó la lengua por los labios secos—. ¿Tenéis agua? Os lo cuento a cambio de un trago de agua.

Azpiazu abrió su bolso y le tendió una botella de metal. A Luis le temblaron las manos de impaciencia al desenroscar el tapón. Se la llevó a los labios y bebió con tanta impaciencia que parecía estar dando mordiscos al agua. Bebió más que un trago, ¡se la bebió entera! Pero ninguno de los tres pensaba quejarse si nos contaba lo que le había pasado.

—Tengo una mala costumbre —nos dijo—. Es peor que una mala costumbre, en realidad. Me gusta mucho jugar a las cartas. ¡Se me da bien! Y me gusta hacer apuestas para darle emoción. Un par de monedas, una barra de chocolate... Lo que pasa es que a veces me confío demasiado. Mis amigos, los de verdad, me trataban de frenar, pero alguna vez he perdido el control.

Fruncí el ceño, pero seguí escuchando.

—Una tarde, Ernesto Ovella llegó a la mesa en la que estábamos jugando. Parecía poca cosa y empezó a apostarse objetos conmigo. Era un pardillo, perdió el cambio, la pluma buena y hasta la chaqueta. ¡Le estaba desplumando! La noche iba viento en popa, aunque mis amigos me insistieron en que nos fuéramos. Entonces, Ernesto me pidió que jugáramos una más. Le dije que no le quedaba mucho que apostar y me respondió que nos jugáramos el alma.

—¿El alma? —pregunté atónito.

—Pensé que era una broma. Algún tipo de chiste. Y estaba seguro de que iba a ser una victoria fácil.

—Así que apostaste tu alma —dijo con seriedad Azpiazu.

Luis asintió tan vehementemente que varias gotitas de sudor salieron disparadas. Habíamos dado ya una vuelta a las murallas del castillo y empezamos la segunda. Rata comenzaba a jadear, pero no podíamos detenernos. Bueno, Luis no podía.

—Repartimos las cartas y estaba seguro de que era pan comido. Tenía incluso mejores cartas y Ernesto había sido torpe... hasta ese momento. Si yo conseguía reyes y reinas, él sacaba ases. Si conseguía formar una escalera, él hacía una escalera de color. Pensé que era un golpe de suerte, pero incluso su expresión había cambiado. Tenía un brillo extraño en los ojos.

Sentí un escalofrío al pensar la cantidad de veces que había hablado con Ovella. Había estado más tiempo en mi casa que muchos de mis amigos. ¡Mis padres habían confiado plenamente en él! Y no solo resultaba ser traidor y retorcido, además tenía poderes siniestros con los que maldecía a la gente.

—Ganó limpiamente —siguió contando Luis tras una pausa para coger aire—. Yo solté una carcajada y le felicité. Aún pensaba que lo de jugarnos el alma era broma...; me equivocaba. «Ahora, entrégame lo que debes», dijo. La voz le había cambiado, era mucho más profunda. Sonaba como si dos personas hablaran a la vez.

Rata resopló, con las mejillas rojas. Se empezaba a quedar atrás y tenía que esforzarse para volver a coger nuestro ritmo. Le tendí la mano para ayudarla a caminar a mi lado.

—Toda la habitación se oscureció. Las sombras se alargaron y a Ernesto le cambiaron las pupilas. Se le pusieron rectangulares, como las de una cabra. ¡Me iba a quitar el alma de verdad! No he pasado tanto miedo en mi vida. —Luis se apartó el sudor de la frente y siguió hablando—. Le supliqué que me diera otra oportunidad. Lloré de rodillas. En ese momento pensé que se apiadó de mí, pero ahora creo que necesitaba que yo firmase ese contrato o fracasara en la prueba. Creo que fue un engaño dentro de un engaño.

—¿Te pidió que caminaras sin descanso? —pregunté.

—No exactamente. Firmé uno de sus contratos. Tenía un año para caminar sin parar hasta desgastar las botas que me ofrecía. Me dijo que tenía que gastarlas hasta que fueran inservibles y que no podía dejar de caminar hasta lograrlo. Si lo conseguía, sería libre. Si no, tendría que entregarle el alma. Y, por supuesto, había otro truco.

Luis alzó los pies entre paso y paso para mostrarnos las suelas. Las botas parecían bastante normales vistas por arriba, pero las suelas eran una gruesa capa de hierro. La superficie empezaba a mellarse y tenía algunos arañazos, pero aún tenían un aspecto sólido.

—Me quedan unos días para desgastarlas —nos dijo con cara pálida y miedo en los ojos—. Es imposible que lo consiga a tiempo.

7

Las botas de hierro

Aquello no tenía muy buena pinta.

No se me ocurría nada que decir para poder animar a Luis. Azpiazu también estaba callada, en ese silencio serio tan típico de ella. Era una mujer de pocas palabras y no pertenecía a ese grupo de personas que era capaz de animar con una frase. Rata tampoco decía nada, pero a lo mejor eso era porque tenía las mejillas rojas del esfuerzo, y soltó un resoplido.

—Yo voy a necesitar pronto un descansito.

Luis puso una mirada soñadora.

—No me acuerdo de lo que es descansar.

—Imagino que has intentado de todo para romperlas. Ir por piedras, arrastrar los pies... —dije intentando encontrar una forma en la que ser de ayuda.

Luis asintió con aire ausente.

—El primer mes pensé que con caminar bastaría, pero, cuando empezó a pasar el tiempo y vi lo resistentes que eran, me puse más creativo. He caminado por asfalto, arriba y abajo por la montaña, por terrenos escarpados y zonas húmedas.

—¿Has probado a caminar por lava? —intervino Rata. Luis torció el gesto.

—Mi idea es librarme de las botas y *sobrevivir* a ello. Así que probé todo lo que se me ocurría. Cuando nada de eso funcionó, empecé a buscar gente a la que le hubiera pasado algo parecido. Y, creedme, es difícil hacer búsquedas en movimiento. ¡Ni siquiera puedo detenerme a cargar el móvil!

Sin dejar de sortear piedras, se llevó la mano al bolsillo para enseñarnos un móvil totalmente apagado. Lo guardó de nuevo y empezamos a dar nuestra tercera vuelta al castillo.

—Pero varias personas me hablaron de Trasmoz, un pueblo en el que dicen que durante años hubo brujas. Se decía que estaba encantado y... no me lo hubiera creído hace un año, pero la perspectiva cambia cuando te roban el alma y te maldicen.

—Es un pueblo de Aragón —apuntó Azpiazu, que ya había demostrado varias veces tener conocimientos de historia—. En ese lugar hubo varias cazas de brujas durante la Edad Media.

—Pues no las atraparon a todas —respondió Luis—. Porque allí di con Miseria.

—¡Menudo nombre! —exclamó Rata, y cogió aire para añadir—: Mi profesora se llama Angustias y pensé que era el peor nombre del mundo. ¡Pero es mucho peor Miseria! ¿En qué pensaban sus padres?

Tenía que tirar de su brazo para que no se quedara atrás, pero Rata no se quejaba y seguía trotando. Se esforzaba tanto en mantener el ritmo que me daba miedo que se cayera de bruces en cualquier momento. Esa noche iba a dormir como un bebé.

—No tuve el placer de conocer a sus padres. Miseria es bastante mayor. De hecho, se dice que engañó a la misma muerte y al diablo Cojuelo. Pude hablar poco con ella, porque se mueve despacio y no puedo parar —continuó Luis—. Le pedí ayuda.

—¿Y te la dio? —inquirí.

Luis se encogió de hombros.

—Me dijo que había que hacer más trampas que un tramposo. Lo he pensado mucho, pero no entiendo a qué se refería. El trato con el diablo Cojuelo está bastante claro, pero no se me ocurren más formas de desgastar las suelas y conservar la cabeza. —Soltó un suspiro largo—. Me cuesta pensar. Es complicado sentarse y analizar ideas cuando no puedes parar ni para dormir. ¡Ni siquiera me puedo dar una ducha!

—Ya se nota el olor a queso de los pies —dijo Rata con la nariz arrugada.

Queso. Rata. Luis estaba demasiado cansado para seguir dándole vueltas a lo que le había dicho Miseria, pero a mí el cerebro me iba a diez mil revoluciones. Examiné mejor las botas. Hacían un sonido metálico a cada paso, pero no me centré en las suelas. El exterior parecía cuero, que había aguantado bastante bien el paseo, aunque tenía las punteras un poco gastadas.

—Creo que voy a tener que parar —murmuró Rata.

—Aguanta un poco más —le pedí dándole vueltas a lo que había dicho Miseria... y al olor a queso de las botas.

Una idea empezó a formarse en mi cabeza.

—Tienes que gastarlas hasta que no puedas usarlas más —murmuré. Luis asintió con un cabeceo cansado de cabeza—. Pero eso no quiere decir que tengas que gastar las suelas.

—¿Cómo? —murmuró con el ceño fruncido.

—¡El cuero es más fácil de desgastar que las suelas! —señalé las zonas de la puntera—. Solo hay que desgastar esa parte. A eso se refería Miseria cuando habló de hacer trampas a un tramposo.

—No soy capaz de caminar como un bailarín del lago de los cisnes. —Luis sacudió la cabeza perplejo—. ¿Cómo quieres que desgaste esa parte de las botas?

Azpiazu me miraba con interés. Luis, con algo a medio camino entre la esperanza y la desesperación. Yo esbocé una sonrisa, cada vez más convencido de mi plan.

—Con un poco de queso.

8

Dárselas con queso

Luis nos dijo que nos esperaría dando vueltas al castillo mientras nosotros nos encargábamos de hacer la compra. Me hubiera encantado hacer el camino corriendo, pero Rata estaba demasiado cansada y tuvimos que parar un par de veces durante el trayecto. La tarde caía sobre los tejados con luz roja y dorada, y hacía que el pueblo de Cullera pareciera aún más mágico.

Bueno, tenía cierta lógica. Algo mágico estaba pasando. Solo teníamos que asegurarnos de romper el hechizo.

Logramos llegar a la charcutería antes de que cerrasen. El hombre que nos atendió era de la edad de mi padre, con un bigote espeso y rubio, y hombros anchos.

—¿Qué les pongo? —nos preguntó tras mirarnos de arriba abajo. Si le parecía extraño que una niña con uniforme de colegio, un adolescente con el pelo blanco y una altísima y seria mujer morena entrasen a última hora, supo disimularlo.

—Necesitamos queso azul —dije.

—Del más apestoso que tenga —añadió Rata con una gran sonrisa. Tuve que darle un codazo.

El hombre arqueó las cejas, pero contuvo su opinión y cogió uno de los quesos de la esquina.

—Si queréis algo que huela fuerte, tengo esta Torta del Casar. No es para estómagos delicados.

Antes de que nos acercara el queso por el mostrador, su aroma impregnó toda la tienda. Era un perfume pegajoso y denso. Sonreí.

—¡Nos lo llevamos!

Hicimos el camino de vuelta al castillo con el anochecer de fondo. El cielo estaba de un tono entre naranja y rojo, las sombras se alargaban sobre el castillo y le hacían parecer de cuento... ¡O de película de miedo!

—¿De verdad crees que va a funcionar? —preguntó Azpiazu alzando una de sus cejas—. Por lo general, hacer trampas no lleva a ninguna parte.

—A Ovella le funciona —repliqué—. Y creo que Miseria tiene razón. Hacer trampas a un tramposo es como robar a un ladrón. No hay nada malo.

—O copiarse de un copiota —intervino Rata en tono alegre.

Azpiazu sacudió la cabeza.

—Mejor dejemos las trampas, los robos y las copias para los momentos estrictamente necesarios —dijo.

—Cuando acabemos con esto, tenemos que ir a ver a Miseria —reflexioné en voz alta—. Si es tan sabia como Luis dice, seguro que puede ayudarnos.

—Creo que ya habéis perdido bastantes clases. —Azpiazu no parecía por la labor, pero ya nos encargaríamos de eso más adelante.

Luis seguía dando vueltas al castillo, con las mejillas hundidas y la respiración entrecortada. Aunque, al mirarnos, sus ojos tenían más brillo. Esperé que mi idea funcionara de verdad, porque ya lo había pasado suficientemente mal y no quería destrozar su última esperanza.

—Si embadurnamos las botas con queso, atraerán a bichos —reflexioné en voz alta, al tiempo que sacaba el queso de la bolsa—. Y, si empiezan a comerse la piel de las botas, creo que pueden llegar a desgastarlas.

—No quiero ser aguafiestas —dijo Azpiazu, y supe que era justo lo que iba a ser—, pero pocos animales salvajes se acercan a un humano en movimiento.

—Hay muchos insectos que no tienen miedo —dijo mi hermana—. Y las ratas son de los animales más valientes del mundo. ¡Por eso me encanta que Loren me llame así!

—Merece la pena intentarlo —suspiró Luis con voz rasposa.

Abrí la tapa del queso. Luis tenía razón: es complicado hacer cualquier cosa en movimiento. Me las apañé para hacerlo y casi lo dejo caer para taparme la nariz. ¡Aquella cosa olía como una bomba olorosa!

—¿De verdad la gente se come eso? —preguntó Rata con una mueca.

—Es una delicia —dijo Azpiazu—. Me parece una pena que vayamos a malgastarlo.

La Torta del Casar, una vez abierta, era como una crema espesa. Con una textura parecida a la mantequilla batida. Cogí lo que pude con los dedos y empecé a restregarlo sobre las botas de Luis. Me hubiera ayudado que se quedase quieto, aunque fuera unos segundos, pero ya sabía que no podía contar con eso.

—Podrías ayudarme —le dije a Rata.

—Ni hablar. —Mi hermana sacudió la cabeza—. No quiero que me apesten las manos a sudor de pies.

Por suerte, Luis sí que estaba más por la labor de echarme una mano. Después de todo, lo que nos jugábamos era su alma. Untamos el cuero de las botas, entre los cordones e incluso la parte de fuera de los calcetines. Usamos hasta el último trozo de queso. Luis se miró las botas pringadas y preguntó:

—Ahora... ¿esperamos a que vengan los bichos?

—Deberíamos movernos cerca del mar —sugirió Azpiazu—. Si hay zonas de contenedor es más posible que haya roedores por ahí. —La mujer soltó un largo suspiro—. Quiero que sepáis que no era esto lo que me pedían en la oferta de trabajo.

—Pero no puedes quejarte. —Rata le sonrió—. ¿A quién no le gusta un bonito paseo nocturno cerca de la playa?

Resultó que no solo a la mayoría de las personas: también a las ratas. Empezamos a ver sus ojitos brillantes que nos seguían desde las alcantarillas y sus colas largas escondidas desde detrás de las bolsas de basura. Escuchábamos sus vocecitas agudas, como si se llamaran unas a otras, a nuestro alrededor. Habían captado el olor del queso y nos vigilaban, pero no se atrevían a acercarse.

—No va a funcionar —dijo Luis perdiendo el brillo de esperanza en los ojos.

Por la forma en la que se encogía cada vez que uno de los cuerpos largos y peludos de las ratas se cruzaba delante, entendí que, como mínimo, le ponían nervioso. A mí tampoco me gustaba pasear por la parte oscura y solitaria de una ciudad desconocida, y Azpiazu torcía los labios con los sonidos de los roedores. La única que parecía animada, como pez en el agua, era mi hermana pequeña.

—Claro que sí —intenté animar—. Solo necesitamos tiempo.

—No es eso —apuntó Rata—. Somos muchos. Puede que las ratas sean valientes y que tengan hambre, pero para ellas somos cuatro gigantes. Deberíamos alejarnos.

Intercambiamos una mirada de duda, pero Luis asintió con decisión. A pesar de que se estremeció con la idea de quedarse solo entre sombras y ratas, estaba convencido.

—No te vayas muy lejos —dije.

—Seguiré subiendo y bajando por esta calle —propuso Luis—. Así no me perderéis de vista. No os vayáis de esta zona, ¿eh?

Tenía la voz aguda y jadeante. Azpiazu asintió solemnemente y Rata añadió en tono desenfadado:

—¡Grita si necesitas ayuda!

—Espero que no haga falta —murmuró nervioso.

Dejamos que se alejara y nos quedamos a distancia, medio escondidos entre los coches. Luis se alejó hasta llegar al final de la calle y luego se dio la vuelta para acercarse de nuevo. El clinc, clonc de sus botas metálicas marcaba siempre el mismo ritmo.

Al principio parecía que no pasaba nada, pero noté algo distinto. La sensación de que no estábamos solos me hormigueaba en la espalda, y no era solo por los grititos de las ratas, cada vez más numerosos.

Miré hacia atrás y me pareció ver una silueta oscura al final de la calle. Fue solo un instante, porque al momento siguiente Rata me cogió con fuerza de la muñeca y gritó:

—¡Está funcionando! ¿Lo veis? ¡Sabía que funcionaría!

Las ratas se habían acercado a Luis y le seguían los pasos muy de cerca. Alguna incluso se había atrevido a darle un mordisquito a los cordones antes de salir corriendo. Cuando volví a mirar hacia atrás, la silueta había desaparecido entre las sombras, si es que alguna vez había estado ahí.

—¡Socorro! —gritó Luis.

Las ratas le rodeaban en un número cada vez más grande. Salían de debajo de los coches y de detrás de las macetas. Parecían haber entendido que Luis no les iba a hacer ningún daño, ¡y que había comida gratis para todas! Tenía cinco o seis..., ¿ocho? ¡Más de diez ratas enganchadas en el cuero de sus botas! Se empujaban y trepaban unas sobre otras, buscando el hueco para dar un bocado.

Y Luis se había quedado tan pálido como una calavera. Di un paso en su dirección, dispuesto a ir en su ayuda, pero Azpiazu me lo impidió.

—Está funcionando —me susurró—. Sé que está viviendo uno de los peores momentos de su vida, pero las ratas se están comiendo esas botas. No las asustes.

—Eso. ¡Son animales muy sensibles! —dijo Rata.

Así que me quedé quieto y Luis siguió caminando. Cada vez más pálido y acelerado. Nos pedía ayuda con ojos aterrados y me costaba quedarme quieto, pero sabía que era por su propio bien. Las ratas se las apañaban para apartarse antes de que la suela de las botas cayera sobre ellas. A pesar del jaleo, seguían marcando el mismo ritmo: clinc, clonc, clinc. Hubo un silencio y entonces otro clinc..., clinc...

El ritmo había cambiado. Luis abrió la boca tanto como si se le hubiera aflojado la mandíbula. Haciendo equilibrios para no dejar de caminar, alzó un pie para que lo viéramos.

La bota se había caído y un calcetín descolorido y lleno de agujeros quedaba a la vista.

9

Una amenaza velada

¡Lo habíamos conseguido! Bueno, a medias. Luis aún tenía otra bota puesta, pero viendo la velocidad a la que trabajaban las ratas dudaba de que le fuera a durar mucho tiempo. Y no me equivoqué: antes de que llegase a nuestra altura la segunda bota se le desenganchó del pie y quedó detrás de él, cubierta de un montón de ratas que se disputaban cada trozo de cuero con queso. ¡Debía de ser una delicia!

—No me lo puedo creer —jadeó. Luis se alejaba corriendo de los roedores que se amontonaban sobre las botas, dándose un festín—. Soy... ¿libre?

Las piernas le temblaron cuando se quedó quieto. Se miró los pies con los ojos tan abiertos que parecía que era la primera vez que los veía. Las ratas no tardaron mucho en comerse todo lo comestible, dejando las botas totalmente destrozadas. Lo único que quedó de ellas fueron las dos suelas de hierro, abandonadas en mitad de la carretera y reflejando la luz de las farolas.

No podían estar más desgastadas. Era imposible utilizarlas para dar un solo paso más. Y Luis estaba temblando en el sitio, sin necesidad de ponerse en marcha y seguir moviéndose sin descanso.

—Soy libre —repitió maravillado.

—Y también nos hemos librado de ese olor a queso —dijo Rata—. Pensaba que se quedaría para siempre con nosotros. ¡Eso sí que es una maldición de las malas!

Luis se dejó caer en la acera con las piernas estiradas. Empezó a temblar como si fuera un móvil en vibración, y se le escaparon algunas lágrimas sin que pareciera que se diera cuenta. Nos miró y tardó mucho tiempo en encontrar la palabra que buscaba.

—Gracias.

—No íbamos a dejarte así, sin hacer nada para ayudarte —respondí con una sonrisa. Era la segunda maldición que lograba romper y empezaba a pensar que se me daba bien. Esperaba que fuera lo bastante bien como para rescatar a mis padres—. Ahora necesito que me cuentes todo lo que sabes de Ernesto Ovella, o el diablo Cojuelo.

—No sé mucho más de lo que te conté. Al principio pensaba que era un pringado, luego un bromista y luego... —Tragó saliva y sacudió la cabeza—. Por lo que me habéis dicho le conocéis más que yo, y no me quedan dudas de que sabéis hacerle frente mejor que yo.

Lo peor de que tuviera razón es que habíamos hecho ese viaje para nada. Bueno, sí, le habíamos salvado de perder su alma, pero no habíamos descubierto nada nuevo sobre Ovella. Aunque había otra persona que sí parecía saber mucho más.

—Háblanos entonces de Miseria. ¿Cómo podemos encontrarla? ¿Tienes su teléfono?

—Puedo daros su dirección. Hablé poco con ella, pero, si alguien sabe los trapos sucios del diablo Cojuelo, es ella. ¿Tenéis algo con lo que apuntar?

No me sorprendió que Azpiazu sacara una agenda negra del bolso y un bolígrafo para anotar las indicaciones de Luis. Me pidió mi número de teléfono y prometió escribirme tan pronto como pudiera recargar el suyo.

—Bueno, tal vez lo haga después de dormir una buena siesta —confesó cuando tuvimos que ayudarle a ponerse en pie—. Tengo que hablar con mis padres, y mi hermana, y mis amigos..., pero creo que eso puede esperar unas horas.

Después de la caminata de meses, las piernas se le atascaban y tuvimos que ayudarle a andar para llegar juntos al primer hotel que encontramos abierto. Azpiazu se encargó de pedir las habitaciones. Mientras terminaba el papeleo, Rata y yo acompañamos a Luis, que ya estaba más dormido que despierto antes de llegar al dormitorio. Se desplomó en la cama con la ropa puesta y empezó a roncar en un tiempo récord. Rata arrugó la nariz.

—Ya podría haberse metido en la ducha antes de dormir. ¡Apesta!

—Ya lo hará mañana, venga, vamos a...

No terminé la frase. El móvil me empezó a vibrar en el bolsillo y sentí un escalofrío al ver el nombre de Ovella en la pantalla. Durante años había sido una persona cercana, que llamaba para avisarme de que mis padres iban a salir tarde de la reunión o tenían que quedarse unas horas más en la oficina. Nunca había sentido un escalofrío por la columna antes de responder a una de sus llamadas.

Rata me lanzó una mirada interrogante y le enseñé la pantalla antes de cogerlo. No sabía si era una buena idea, pero prefería escuchar qué era lo que tenía que decirme a quedarme con la duda.

—¿Sí?

—No deberíais haber vuelto a hacer otro viaje tan pronto, y menos saltándoos el colegio.

Ovella tenía una voz de lo más siniestra. No porque pareciera enfadado, era peor que eso. Su voz sonaba grave y aguda al mismo tiempo, como si fueran dos personas que hablaran exactamente a la vez.

—Nos ha surgido una emergencia... —empecé.

—¿En Cullera? No sabía que la hubierais visitado antes.

¿Cómo sabía que estábamos ahí? ¿Tenía acceso a los gastos de la tarjeta, como Azpiazu? ¿O había sido algo más, algo sobrenatural? Ovella tenía poderes mágicos, de eso no me quedaba ninguna duda. Si era capaz de lanzar maldiciones, tenía sentido que supiera cuándo se rompían.

—¿Te ha comido la lengua el gato? —preguntó en un tono burlón que me resultó de lo más inquietante—. No sé qué tenéis en mente, pero te adelanto algo: todos vuestros viajecitos serán inútiles. Nada de esto ayudará a que tus padres se despierten antes. Al contrario..., podría pasarles cualquier cosa mientras estáis de turismo.

Me quedé sin aire. En ningún momento había dejado de pensar en mis padres, ellos eran el motivo por el que me había metido en una aventura tras otra. Pensar en lo indefensos que estaban y en que Ovella tenía acceso a nuestra casa me hizo sentir enfermo.

—No te atrevas a... —No pude terminar la frase.

—Tenéis que volver inmediatamente.

—¿Qué pasa si no lo hacemos?

Dejó pasar unos segundos antes de soltar una risita.

—Que tendré que traeros de vuelta. Y no creo que queráis que me enfade.

10

Dos sombras

Salí del cuarto de Luis con Rata a pocos pasos de distancia y la sensación de que la sangre había abandonado todo mi cuerpo. Mi cara como mínimo, porque, al verme, Azpiazu arqueó ambas cejas y me miró con preocupación.

—¿Le ha pasado algo a Luis?

—Ovella acaba de llamar por teléfono. Dice que tenemos que volver a casa o si no vendrá a buscarnos. Creo que ha notado que se ha roto la maldición, ha dicho que teníamos que volver. Sonaba a ultimátum.

No sé qué reacción esperaba de Azpiazu. A lo mejor que se pusiera blanca y asustada, o que se riera y pensara que me lo estaba inventando. O incluso que se enfadase y llamara a Ovella para enfrentarse a él. Pero Azpiazu no hizo nada de eso. No reaccionó en absoluto.

Cuando la recepcionista del hotel salió para devolverle su carnet de identidad, la siguió y empezó a caminar hacia las habitaciones como si nada extraño hubiera pasado. Carraspeé:

—No sé si me has escuchado, pero Ovella acaba de asegurarnos que nos encontrará y nos llevará de vuelta.

—Bueno, es algo lógico —dijo con calma pasando la tarjeta del hotel por el lector y abriendo la puerta de la habitación—. Si se siente amenazado por la forma en la que deshacéis las maldiciones, lo lógico es que os quiera de vuelta en un sitio donde pueda controlaros.

—¡Pero viene hacia aquí!

Rata estaba lo suficientemente desconcertada para guardar silencio. Azpiazu cerró la puerta detrás de nosotros. La habitación era grande, con una cama individual y otra enorme, más ancha incluso que la cama de nuestros padres. Había poca decoración. Un cuadro con flores en tonos pastel y un jarrón con forma de gato.

—Tardará un tiempo en llegar y vamos a aprovechar esas horas —respondió con la misma tranquilidad pasmosa—. Vosotros necesitáis unas horas de sueño. Especialmente Catalina, que ha hecho mucho ejercicio.

—¿Ese es tu plan? —pregunté atónito—. ¿Dormir hasta que nos encuentre?

—Que vosotros durmáis mientras yo busco la forma más rápida de ir a Trasmoz —me corrigió—. Después de todo lo que hemos escuchado sobre Miseria, sería muy poco inteligente no hacerle una visita.

Sentí una oleada de alivio que se convirtió en cansancio. Había vivido demasiadas emociones en un solo día, ¡y eso que no me había terminado de recuperar del fin de semana!

—¿Y tú no dormirás nada? —pregunté preocupado.

—Los adultos podemos aguantar una noche sin dormir sin que pase nada —respondió—. De hecho, a veces somos incapaces de pegar ojo en toda la noche. Además, puede que dé alguna cabezada cuando tenga resuelto el viaje. Pero, para eso, necesito empezar ahora mismo —añadió enchufando su teléfono al cargador—. Y, mientras más hable, más me entretengo. Así que... ¡a la cama!

Rata y yo compartimos la grande. Mi hermana estaba agotada después de tanta carrera y se quedó dormida en cuestión de minutos, con una pierna y un brazo invadiendo mi lado. Me coloqué como pude y estuve seguro de que iba a tardar mucho en poder conciliar el sueño, y de que me esperaba una noche muy larga.

Pero me equivoqué por completo. Ni siquiera llegué a soñar nada. La noche pasó como un pestañeo. En un instante estaba despierto, al siguiente profundamente dormido y al momento Azpiazu me despertaba dándome palmaditas en el hombro.

—Arriba, Bellos Durmientes.

Rata soltó un gruñido contra la almohada. Yo me froté los párpados.

—Si aún es de noche...

—¿No eras tú el que estaba preocupado por que Ovella apareciera de un momento a otro? —preguntó, y el sueño se me disipó en cuestión de segundos. Me incorporé alarmado, con un peso en el estómago—. No te preocupes, no ha pasado nada. Pero he reservado plaza en el primer autobús que sale para Valencia. Desde allí tenemos un tren a Zaragoza y podremos coger otro autobús a Trasmoz. Nos espera un día de viaje muy largo por delante, así que ¡arriba!

Me levanté un poco aturullado con toda esa información. Azpiazu estaba impecable, con cada uno de sus pelos en su sitio y su traje negro inmaculado como si no hubiéramos estado corriendo de un lado para otro el día anterior. Me pregunté si había aprovechado para lavarlo, secarlo y plancharlo mientras dormíamos. Rata, por el contrario, era una maraña de rizos rubios y legañas en las pestañas que no conseguía abrir del todo los ojos.

Nos lavamos la cara con agua fría para poder mantenernos despiertos en el trayecto del hotel a la estación de autobuses. Por suerte, no estaba demasiado lejos, porque Rata caminaba casi sonámbula: estaba más dormida que despierta y teníamos que ir tirando de ella.

—Cinco minutos más —gimió—. No quiero ir al colegio tan temprano.

—Se ve que el espíritu aventurero se le activa a partir de las once de la mañana —dijo Azpiazu.

Sonreí con la broma, pero entonces sentí esa molesta sensación en la espalda de que alguien nos estaba vigilando. Me rasqué la nuca, mirando a un lado y a otro, pero la calle estaba vacía y a oscuras. A lo mejor los nervios me traicionaban y me lo estaba imaginando.

Rata dio un sonoro bostezo:

—¿Queda mucho para que llegue el autobús?

—Unos minutos —respondió Azpiazu—. Luego podrás echar otra cabezada.

Por el rabillo del ojo me pareció detectar algo que se movía. Pero, tan pronto como me giré, la silueta desapareció como si fuera un fantasma. ¿Podría ser una mala pasada por la falta de sueño? ¿O por los nervios? Algo me decía que no, que la sensación de estar vigilado era demasiado real.

Fruncí el ceño.

—Azpiazu, entre todas las cosas de tu bolso... ¿no tendrás también un espejo? —pregunté.

Ella arqueó la ceja, pero no comentó que le pareciera raro. Asintió y abrió ese bolso negro que, aunque no era demasiado grande, era capaz de contener todo lo necesario. Me dio un espejo de mano y me lo llevé a los ojos con disimulo.

Puede que quien me estuviera espiando, si es que de verdad había alguien, se escondiera de mi vista cada vez que me giraba, así que usé el espejo para revisar la calle con toda la discreción que era capaz de tener. Y ahí, en un portal, había una silueta de alguien con el pelo oscuro y rizado, medio escondida detrás de una columna.

Tragué saliva. Antes de devolverle el espejo a Azpiazu distinguí otra figura, incluso más cerca, agazapada en unos arbustos. Le tendí el espejo y susurré de forma casi inaudible:

—Nos están espiando.

Azpiazu se puso tensa, pero, antes de que mirase hacia atrás, la sujeté por la muñeca y negué con la cabeza. No nos convenía que lo supieran. Se podrían acercar hasta nosotros o esconderse mejor, o... a saber cuáles eran sus órdenes, aunque sí que tenía una idea de para quién trabajaban.

—Quedan cuatro minutos para que llegue el autobús —dijo Azpiazu en el mismo tono bajo.

Asentí y esbocé una sonrisa.

—Coge a mi hermana en brazos. Tengo una idea.

Azpiazu mantiene una única ceja alzada en forma de tobogán. Aun así, hace lo que le digo. Los minutos pasan y estoy convencido de que las dos sombras negras se nos acercan cada vez más. Estamos en una parada de autobús, después de todo, querrán estar cerca para poder meterse en el mismo bus que nosotros. ¿Y entonces qué? Será evidente que nos están siguiendo. ¿Fingirán no vernos o tratarán de detenernos?

No pienso averiguarlo.

Cuando el autobús por fin llega, estoy tan nervioso que tengo la piel de gallina y ganas de levantarme de un salto. No lo hago, le indico a Azpiazu con un gesto que nos quedemos sentados. Me parece escuchar los pasos de las dos siluetas que se acercan, pero podría ser mi imaginación. El conductor del autobús abre la puerta y nos mira con gesto aburrido.

Noto que Azpiazu está tan tensa como yo, pendiente de mis movimientos.

—¿A Valencia? —pregunta el conductor.

Sacudo la cabeza y el hombre se encoge de hombros. Espera unos segundos más antes de mirar el reloj y empezar a cerrar las puertas.

—¡Ahora! —le digo a Azpiazu y me levanto de un salto—. ¿Valencia? ¡Sí, perdone! Estaba medio dormido.

Y de un salto me cuelo entre las puertas. Azpiazu pasa detrás con Rata en brazos, que abre los ojos, desconcertada por el ajetreo. Las puertas se terminan de cerrar detrás de nosotros y escucho unos pasos que corren hacia el autobús.

—Pues por los pelos, chico —refunfuña el conductor—. No pensaba esperar más. ¡Y eso va también por

vosotros! —dice hacia las dos figuras que llegan justo en ese momento a las puertas de cristal.

Son un hombre y una mujer de facciones idénticas. ¡Casi podrían ser mellizos! Los dos son pelirrojos, con los ojos castaño claro y la cara llena de pecas. Los dos visten completamente de negro, como el otro matón de Ovella con el que nos cruzamos. Golpean el cristal, pero el conductor ya ha puesto el motor en marcha y nos dice cuánto son los billetes con la vista puesta en la carretera.

—Menudo mal humor tienen —murmura con una risa entre dientes cuando nos alejamos.

Se me escapa un suspiro de alivio. Los dos matones de Ovella se quedan atrás, y uno saca el teléfono para hacer una llamada.

Van a perseguirnos, no tengo ninguna duda.

Así que más nos vale darnos prisa en encontrar a Miseria.

11

El pueblo maldito

En el viaje hasta Valencia estuve tan tenso que me fue imposible cerrar los ojos para dormir ni tan siquiera unos minutos. A cada parada me inclinaba para vigilar la entrada por si alguien sospechoso subía al autobús. Un hombre vestido de negro lo hizo en la última parada antes de Valencia, pero, al fijarme mejor, vi que era un chándal azul oscuro y que llevaba deportivas blancas gastadas. No se parecía a la meticulosa forma de vestir de los esbirros de Ovella.

Por si acaso, no le quité el ojo de encima hasta que llegamos a la estación de Valencia y él caminó en dirección contraria.

Cuando llegué al tren, estaba derrotado. Azpiazu también debía de estarlo, porque nos dijo que iba a «descansar los ojos», pero, además de cerrarlos, empezó a roncar suavemente. Yo intenté resistirme al sueño, hasta que Rata me dijo que durmiera tranquilo, que ella vigilaba.

—¿Y si te quedas dormida?

—¡Si estoy totalmente despierta! Además, pienso pedirme un batido de chocolate en cuanto pasen por aquí con el carrito. Puedes descansar a pierna suelta.

Y lo hice. Más o menos. Dormir sentado siempre es más incómodo y echaba de menos mi cama. También echaba un poco de menos mi vida antes de que las maldiciones entraran haciendo estragos. Me gustaban más los viajes resolviendo misterios que las clases y los deberes, sí, pero cansaban bastante más y ponían en riesgo mi vida y la de mis padres. Hasta el momento no había encontrado un solo examen capaz de matarme.

Cuando llegamos a Trasmoz, las piernas me picaban de las ganas de ponerme en pie y empezar a andar. Es curioso porque, en los viajes, incluso si no caminas, es fácil acabar cansado. El autobús nos dejó en las afueras y, cuando bajamos, nos quedamos mirando el pueblo impresionados.

—Qué siniestro —murmuró Rata.

Tenía razón. Nunca había visto un pueblo que tuviera aspecto de estar totalmente embrujado. Trasmoz no era muy grande y parecía anclado en el tiempo. Estaba situado encima de una colina escarpada y rodeada de hierba seca y arbustos bajos. Se recortaba sobre una montaña de aspecto tétrico, que, por la distancia, parecía azul excepto en la cumbre, envuelta en jirones de nubes plomizas que se derramaban despacio hacia el pueblo, como si quisieran envolverlo.

En la cima de la colina había una fortaleza de paredes de piedra gruesas, sin ventanas. Parecía la mezcla perfecta entre un castillo y una prisión. En la ladera se veían casas bajas de tejados naranjas y paredes blancas. En cualquier otro sitio hubieran parecido encantadoras, pero allí me hicieron pensar en las casas de las brujas malvadas que intentan atraer a su puerta a los niños que se pierden en el bosque.

—No es el pueblo más acogedor del mundo —murmuró Rata—. Es ideal para la noche de brujas, eso sí.

—Bueno, ya sabes que las apariencias engañan —dije yo intentando animar el ambiente.

—Trasmoz es el único pueblo excomulgado de toda España —nos contó Azpiazu mientras nos acercábamos a paso ligero—. Hace cientos de años había un monasterio cercano, conocido como monasterio de la Veruela. En esa época, era la orden más poderosa de la zona. El pueblo de Trasmoz no se doblegaba fácilmente. Tuvieron peleas por varios motivos, como por la madera. Pero el conflicto definitivo fue por el agua.

Desde luego, la voz lúgubre de Azpiazu, el entorno y la historia no ayudaban a que el lugar pareciera más amigable. A pesar de todo, estaba atrapado por su historia. Rata también, porque alzó la cabeza con curiosidad:

—¿Qué es lo que pasó?

—Los clérigos desviaron el agua para que llegara a su monasterio, pero las familias de Trasmoz se quedaron sin ella. Así que se enfrentaron a los monjes. No con una pelea, sino que fueron al señor de las tierras y demandaron a los clérigos. Ganaron el derecho al agua, pero eso no le sentó nada bien al abad. Cuentan que, en una oscura noche de domingo, salió a pasear por el pueblo con un velo negro y maldijo cada calle. Y que, desde entonces, aquí han vivido brujas, demonios y otras criaturas malvadas.

Me estremecí y sacudí la cabeza para quitarme esa sensación de frío que me había dado la historia.

—Pues espero que Miseria sea una bruja poderosa y lo bastante buena para ayudarnos —dijo Rata.

—Si los amigos de nuestros amigos son amigos, los enemigos de nuestros enemigos también son amigos nuestros —razoné yo—. Creo que podrá echarnos una mano.

Trasmoz no tenía mucha pérdida. Había pocas calles y no eran largas. Algunas estaban formadas solo por un par de casas con alguna finca en el medio. Apenas nos encontramos con casi nadie, pero las dos personas que vimos nos miraron fijamente. Una era un anciano alto y delgado, como un espantapájaros. Tenía el pelo blanco, la cara alargada y un cepillo en la mano. Se detuvo para mirarnos fijamente, sin saludarnos ni poner ninguna expresión. Otra fue una niña pequeña, más pequeña que Rata. Tenía el pelo liso y negro, y mofletes rojos. Llevaba una muñeca del brazo y al vernos abrió mucho los ojos, salió corriendo y se metió en una de las casas dando un portazo detrás de ella.

—Ni que fuéramos tan feos —murmuró Rata.

La realidad era que el pueblo cada vez nos parecía más siniestro. Se notaba que había algo raro en el ambiente. ¿Sería la maldición de los clérigos?

No nos costó encontrar la dirección que nos había dado Luis: era la única casa baja con un patio delante con rejas rojas. No había ningún timbre, así que me acerqué a la puerta y me aclaré la garganta:

—¿Hola? ¿Señora Miseria?

Nadie respondió, así que lo intenté de nuevo:

—Queríamos hablar con usted. Venimos de parte de Luis.

Pero nada. No había respuesta. Miré a Azpiazu y a mi hermana, preguntándome qué era lo que teníamos que hacer a continuación, pero Rata lo tenía más claro que yo. Sin esperar permiso, empujó la puerta del jardín, que se abrió con un rechinar de hierros. Parecía una queja y se me puso la piel de gallina.

—Vamos —dijo mi hermana—. Tiene que estar dentro.

—¡No podemos colarnos así, sin pedir permiso! —protesté, pero Rata ya se había adentrado y llamaba con los nudillos a la puerta de madera.

—¿Hola? ¿Hay alguien en casa? Tenemos que hablar con usted, señorita Miseria. ¿No será usted una bruja poderosa?

—¡No puedes preguntar eso! —resoplé acercándome hasta Rata.

—Y ninguno de los dos debería haber entrado sin permiso —empezó a regañarnos Azpiazu, pero se quedó parada con la boca abierta mirando un árbol en flor en el que yo no me había fijado.

Era un peral. Me di cuenta porque tenía las ramas cubiertas de peras del aspecto más apetecible que nunca había visto. Tenían un tono entre el verde y el dorado, y parecían tan jugosas que, pese a no ser mi fruta favorita, se me hizo la boca agua solo con mirarlas.

—Tienen buena pinta —dije.

—No es eso —respondió Azpiazu—. Esto es imposible. El peral está en flor y tiene fruto al mismo tiempo. Esto no pasa nunca.

No sabía tanto de botánica, pero desde luego había algo sobrenatural y llamativo en ese árbol. Las ramas estaban abiertas y daban ganas de encaramarse y arrancar uno de los frutos para comérselo allí mismo, a bocados.

Y Rata debía de pensar lo mismo porque se agarró al tronco y empezó a trepar por las ramas.

—Pero ¿qué haces? —pregunté.

—Solo quiero coger una de las peras —respondió encaramándose a la rama—. ¡Tienen una pinta increíble!

Parecía hechizada y me obligué a no mirar los frutos. Tenía miedo de que me pasara lo mismo.

—¡Baja inmediatamente! —ordenó Azpiazu.

—Solo quiero...

—¡Rata, baja de ahí! —grité—. Puede ser peligroso.

Mi hermana sacudió la cabeza con un suspiro. Sus ojos parecieron algo más claros cuando apartó la mirada de las peras.

—Está bien...

Se sentó en una rama baja y balanceó los pies, como si calculara cómo poder bajar. Y entonces mi hermana empezó a ponerse blanca. Tragó saliva y varias gotitas de sudor se le acumularon en la frente.

—¡Que bajes ya! —resoplé.

—No puedo —contestó ella con un hilo de voz.

—¿Cómo no vas a poder?

Refunfuñando, me subí al árbol hasta llegar a su altura. Ni siquiera estaba alto. Me coloqué a su lado.

—Mira, solo tenemos que...

Y entonces me quedé mudo. No era capaz de pensar cual era la forma más segura de llegar al suelo. «Me tiraré», pensé. «No estamos muy alto». Pero mi cuerpo no me obedecía. Cada vez que quería hacer un gesto para bajarme del árbol era como si mis brazos o mis piernas fueran de otra persona que no me hacía caso.

—¡Bajad ya! —siseó Azpiazu con impaciencia.

—No... no puedo —contesté—. No podemos.

Y, en ese momento, una voz chirriante nos pilló por sorpresa:

—¿Quiénes sois vosotros y qué hacéis en el patio de mi casa?

12

Tía Miseria

Me giré hacia la voz cascada que acababa de sorprendernos preparado para enfrentarme a una tenebrosa bruja; pero la mujer que estaba en la puerta, con los brazos en jarras, no parecía ni tenebrosa ni bruja. Era una mujer muy mayor, con la piel muy arrugada y orejas largas. Tenía el pelo corto, en rizos de rubio platino, las uñas largas de color fucsia y un vestido lleno de flores.

—Disculpe, no sé qué nos está pasando —dije a toda prisa—. Buscábamos a Miseria y hemos acabado en este árbol. No podemos bajar.

Y una persona de aspecto tan alegre no pegaba con ese nombre, ni con la imagen de alguien capaz de engañar al diablo Cojuelo. La anciana nos dedicó una sonrisa de dientes tan perfectos que tenían que ser falsos.

—Esa soy yo: Miseria. O tía Miseria, como me llaman los niños de Trasmoz.

—¿De verdad es usted quien logró derrotar al diablo Cojuelo? —preguntó Rata boquiabierta.

Los labios finos y arrugados de Miseria se contrajeron en una pequeña sonrisa de orgullo. Nos examinó con más atención que antes.

—Vaya, ¿vosotros también os habéis encontrado con ese bribón? Es solo uno de los muchos que han intentado engañarme. ¡Pero tía Miseria siempre sale ganando! —No sé quién estaba más desconcertado, si Azpiazu o yo—. Y ahora me gustaría saber quiénes sois vosotros y por qué me buscáis.

—Me llamo Loren. Esta es mi hermana Rata y nuestra institutriz, Azpiazu —nos presenté, extrañado de que no nos preguntase qué hacíamos en el árbol—. El diablo Cojuelo ha lanzado una maldición a nuestros padres y no pueden despertar. Y ahora viene detrás de nosotros. Buscábamos ayuda.

Miseria entrecerró los ojos examinándonos. Parecía querer averiguar si mentíamos. Finalmente, asintió despacio y chasqueó la lengua.

—Está bien. Podéis bajar del árbol.

—En realidad no podemos —respondí.

—Claro que sí. No digáis tonterías ni me hagáis perder el tiempo.

Entonces me di cuenta de que ya era capaz de bajar, como si nunca hubiera pasado nada raro. Rata me miró con los ojos muy abiertos y se descolgó de la rama con la maestría de una experta escaladora. Dejó escapar una carcajada de alivio al llegar a la hierba. Yo fui detrás, aún sorprendido de que, de pronto, fuera tan fácil. Miseria nos invitó a pasar a su casa con un gesto.

—Venga, que se escapa el gato.

—Esto no me gusta —murmuré para mí mismo.

Rata, en cambio, parecía encantada con la situación y con el aspecto alegre de Miseria.

—Vendréis de lejos. Parecéis cansados y tenéis la ropa toda arrugada. Pasad y descansad conmigo mientras me contáis cómo habéis conocido a ese granuja.

La norma número uno de todo investigador de maldiciones debería ser «No meterse en la casa de una posible bruja». Con más razón cuando la casa de la posible bruja está en un pueblo maldito y más aún cuando la bruja te abre la puerta y te invita a pasar con una sonrisa afilada.

Antes de que pudiera pensar cómo rechazarlo, Rata se adentró con dos pasos saltarines:

—¡Muchas gracias!

—¡Espera! —dije, pero ya había pasado.

No nos quedó más remedio que seguirla.

La casa de Miseria no era oscura ni lúgubre. No tenía colas de lagartija en las paredes, ni ramilletes de espinas de pescado, ni huesos en el tejado. Era una casa alegre, con las paredes del color de la yema de un huevo frito y cada rincón cubierto con fotos, retratos y cuadros. Había uno de tía Miseria en tono sepia y ropa parecida a la que llevaba mi abuela cuando era niña. Había otro en blanco y negro en el que sonreía con un vestido largo de cuello abullonado. Había un dibujo a carboncillo que parecía tan viejo que estaba convencido de que el papel se me desharía en las manos si intentaba tocarlo.

Y, en todos esos retratos, tía Miseria ya era una mujer mayor de piel arrugada y espalda encorvada. «Pero ¿cuántos años tiene?», pensé para mis adentros.

—Pero ¿cuántos años tienes? —preguntó Rata en voz alta.

Mi hermana no se esforzaba demasiado en ser educada. Ni siquiera con una mujer que nos había mantenido mágicamente prisioneros en un árbol. Le di un codazo con discreción y Azpiazu apretó los labios. A Miseria no pareció importarle demasiado, porque soltó una carcajada de camino hacia la cocina.

—Hace mucho que dejé de contar los años. Cuando vives tanto como yo, las décadas pasan en un parpadeo.

Su voz nos llegaba desde la cocina, donde la escuchábamos trastear. ¿Estaría preparando una poción? Lo que sacó en una bandeja parecía, por el olor y el color, una jarra de zumo de pera y un plato de aceitunas bastante corriente. Lo miré con una desconfianza más que justificable mientras ella seguía hablando:

—Lo que sí que puedo decirte es que tengo más de cien, y más de doscientos, y más de trescientos años. ¿Qué hacéis de pie como pasmarotes? Sentaos a la mesa. Usted también.

La última frase iba dirigida a Azpiazu, que parecía confusa al no tener el control de la situación. La institutriz tomó asiento en una butaca de color granate, y Rata y yo nos sentamos juntos en un sofá de color mostaza. Miseria puso la bandeja en la mesa. Acercó una silla de mimbre pintada con margaritas de colores. En su casa nada pegaba con nada, pero el caos resultaba tan colorido como acogedor.

—¿Cómo has podido vivir tanto?

—Hace mucho, muchísimo tiempo, yo era tan pobre que solo vivía de las limosnas y de las peras que daba mi peral. Aunque no tenía para comer ni para calentarme, una noche llamó a mi puerta un niño pequeño. Me dijo que estaba solo y hambriento, le dejé pasar y compartí mi cena con él. Recuerdo que me dijo que alguien tan bondadoso como yo debería pedir el deseo que quisiera y pensé que estaba bromeando cuando me preguntó qué deseaba.

—Y quisiste ser inmortal —dijo Rata, que ya le había dado un trago a su zumo—. ¡Está riquísimo!

Yo cogí mi vaso con un poco de recelo. Tía Miseria no parecía querer hacernos daño y era enemiga de Ovella, pero… Ella sacudió la cabeza:

—Le dije que prefería tener el poder de que, cada vez que se subiera alguien a mi peral, se quedara arriba hasta que yo le dejase bajar. Estaba acostumbrada a ver a bribonzuelos que trepaban por la noche para llevarse mis frutos. Eso es justo lo que os ha pasado antes a vosotros. El niño se rio y dijo que eso era muy humilde, así que además mi árbol tendría siempre peras y serían las mejores del mundo entero.

—¡Pues cumplió su palabra! —exclamó Rata—. Este

zumo está riquísimo.

Le di un sorbito a mi vaso y tuve que pestañear de la impresión. El zumo era dulce y fresco, con un ligero toque ácido. Estaba mejor que cualquier cosa que nunca antes hubiera probado.

—Son irresistibles —se rio tía Miseria—. El niño mágico desapareció al día siguiente, como si nunca hubiera estado. A partir de ese momento, cuando encontraba a algún pillastre en mis ramas, le hacía trabajar para mí una tarde entera a cambio de dejar que bajase. Los años pasaron y entonces un día llegó la muerte a buscarme. Así que la invité a pasar y la entretuve con cháchara para ganar tiempo.

Me atraganté con el siguiente sorbo cuando lo explicó tan tranquila, como si la muerte fuera una vecina cotilla o el encargado de leer los contadores.

—La muerte no puede hablar —protesté.

—¿Cómo que no? Que sepas, jovencito, que, si le das la conversación adecuada, lo difícil es que se calle. Y eso hice. Incluso le ofrecí trepar a mi peral para probar las peras. Y se quedó atrapada, exactamente igual que vosotros.

Rata soltó una carcajada. Azpiazu no había hablado ni probado el zumo, parecía tan perpleja como yo, pero un poco más desconfiada.

—La dejé en las ramas dos semanas. Dos semanas en las que nadie podía morirse; eso ayudó a que la leyenda de Trasmoz como pueblo embrujado creciera. Solo le permití bajar cuando me prometió que nunca volvería a buscarme. Y, creedme, ¡estaba deseando perderme de vista!

Sacudí la cabeza. Si eso era verdad, Miseria había sido más lista que la propia muerte. Le di un buen trago al zumo y disfruté de su sabor antes de preguntar:

—¿Y cómo conoció a Ovella? Quiero decir, al diablo Cojuelo. Es un hechicero poderoso, dicen que es más antiguo que el sol...

—¿Más antiguo que el sol? —Miseria soltó una carcajada—. Un fanfarrón es lo que es. Y un chanchullero.

Sí, tiene cierto poder, pero no es ni la mitad de fuerte de lo que le gustaría. Para empezar, tienes que querer hacer un trato con él o aceptar un regalo suyo. ¡Si no accedes, no te puede hacer nada!

Pestañeé sorprendido. Miseria tenía razón. La familia de Toledo y Luis habían hecho un trato con Ovella. Un trato engañoso del que era complicado salir ganando. ¿También mis padres habían firmado algo y por eso estaban atrapados en el sueño?

Miseria asintió como si supiera lo que estaba pensando. Luego siguió hablando:

—Vino a verme hace bastantes años. Quería saber qué me hacía inmortal. Se comportó como un joven encantador, pero había algo en su mirada que me parecía inquietante. Cuando vives tantos siglos como yo, aprendes a leer el egoísmo en los ojos de los demás con la misma facilidad con la que sabes si un melón está dulce o pasado antes de abrirlo. Me propuso un trato tras otro, pero no logró nada. Solo reveló su naturaleza al hablar de más.

—No creo que quiera proponernos ningún trato a nosotros —murmuré—. Ya ha conseguido lo que quería de nuestra familia. Nuestros padres están en un sueño del que no pueden salir y él es quien controla la empresa. Pero ahora sabe que nos hemos dado cuenta de lo que pasa y quiere detenernos.

Recordé la amenaza velada que me había hecho en casa y la llamada al móvil la noche anterior, además de los dos chicos vestidos de negro que habían intentado subirse a nuestro autobús.

—Por eso hemos venido aquí —continué—. Luis nos dijo que tú ya le habías vencido y pensamos que a lo mejor sabías cómo protegernos de él o cómo despertar a nuestros padres.

—No sé cuál es la maldición que le ha echado a vuestros padres —contestó ella sacudiendo la cabeza a ambos lados—. Y sin saber los detalles yo, y tampoco vosotros, podemos hacer nada.

El cansancio de todo el viaje se derramó sobre mí, haciendo que me sintiese más desanimado que nunca. Percibí que era cuestión de tiempo que Ovella nos encontrase.

Miseria ladeó la cabeza:

—Algo que tenéis que saber de las maldiciones es que siempre pueden deshacerse. Todas tienen un punto débil, a veces varios.

—Eso ya lo sabemos —suspiró Rata—. Ya hemos deshecho dos.

—Buen trabajo —dijo Miseria con una sonrisa de abuela—. La otra cosa que tenéis que saber es que toda la gente, incluso la más poderosa, tiene puntos débiles. El diablo Cojuelo es astuto y sabe ganarse la confianza de la gente, pero es orgulloso y no quiere ver sus propias debilidades.

Dejé escapar una carcajada desanimada.

—No parece que tenga muchas.

—Está acostumbrado a ganar con trampas y no está preparado para que se las hagan. —Luis ya nos había dicho algo parecido. No era información nueva que pudiera ayudarnos—. Y es listo, pero se cree más listo de lo que es. Con un poco de astucia podréis ganarle en su propio juego.

—No sé si somos más listos que él —murmuré.

—Puede que no —contestó—, pero yo tengo algo que os puede dar cierta ventaja.

13

Una vela encantada

Tía Miseria se incorporó de la silla de flores con movimientos pesados.

—Esperad ahí un momento.

Cuando se fue, Azpiazu dejó su vaso de zumo de pera sobre la mesa. No le había dado un solo trago. Con el ceño fruncido nos susurró:

—Creo que deberíamos salir de aquí antes de que nos haga algo. No me fío de esta mujer. No sabemos si lo que dice es verdad o si se lo está inventando todo.

—Pero las fotos y los dibujos son de ella —contesté en el mismo tono bajo—. Y la magia del peral es real. No creo que se lo esté inventando.

—No es difícil trucar fotos —respondió Azpiazu sacudiendo la cabeza—. Y lo del peral... podría ser un ataque de vértigo.

—¿Vértigo yo? —Rata soltó una carcajada—. ¡Imposible!

Azpiazu frunció el ceño, así que puse mi mejor tono de chico responsable. El que usaba para hablar con los profesores cuando me tocaba pedir algo como delegado de clase:

—Solo vamos a ver qué nos dice. Nos iremos de aquí

antes de que se ponga el sol. Si nos puede ayudar a pararle los pies a Ovella, merecerá la pena.

Azpiazu no parecía demasiado convencida, pero se echó hacia atrás en la silla con gesto vigilante y resignado. Miseria llegó en ese momento con una vela gruesa y algo gastada en la mano. Era de cera blanca y parecía totalmente ordinaria, como esas velas de la iglesia que iluminan a los santos. Pero tía Miseria la sujetaba con cuidado, como si fuera algo extraordinario.

—Esto es lo que Ovella quería cuando vino a verme.

—¡Pues vaya! —Rata arrugó la nariz—. Me imaginaba algo más chulo. Una espada charlatana o un huevo de dragón.

—No es una vela cualquiera. Es la única forma de rescatar a un fantasma del lugar donde está atrapado.

Intercambié una mirada con Rata y otra con Azpiazu. No me gustaba cómo empezaba esa historia. Además, ¿para qué quería Ovella rescatar a un fantasma? No me lo imaginaba haciendo algo tan noble.

—No estamos buscando más problemas —comencé—. Al contrario. Lo que buscamos es una forma de rescatar a nuestros padres.

—Los niños a día de hoy no tienen paciencia para escuchar nada —refunfuñó la tía Miseria con una mueca—. ¡Abre bien los oídos! No muy lejos de aquí hay una posada encantada. Por fuera parece un edificio en ruinas, pero, una vez que te adentras, las paredes se convierten en un laberinto. Allí, atrapado, está el fantasma de una chica. Dicen que responderá tres preguntas a quien logre rescatarla. Sean las que sean. No sé por qué el diablo Cojuelo estaba empeñado en llegar hasta ella. Supongo que quería preguntarle dónde hay algún tesoro, o tal vez el secreto para ser un brujo aún más poderoso. Lo que sé es que quería la vela. Incluso no me sorprendería que hubiera intentado rescatar al fantasma sin ella.

Rata se rascó la cabeza, pensativa:

—¿Y por qué tú no has querido ayudar nunca a ese fantasma, tía Miseria? A mí no me gustaría llevar años atrapada en un laberinto.

—Porque yo soy muy mayor. ¡Ya no estoy para esos trotes, jovencita! No parece tarea sencilla. El diablo Cojuelo intentó engatusarme para que le acompañase. Por suerte, no me fie ni un pelo de ese lobo con piel de cor-

dero. ¡Y menos mal! Luego descubrí que hay una advertencia: si dos cruzan esa puerta a la vez, solo uno regresará. ¡Quería quitarme de en medio! Seguro que estaba deseando hacerse con mi peral.

Azpiazu tenía el ceño fruncido. No le gustaba nada que nuestra aventura enlazara con otra. Nuestra institutriz hubiera preferido una forma segura de despertar a nuestros padres y recuperar la tranquilidad de nuestra vida. Pero, a veces, los caminos peligrosos son necesarios. Así que me volví hacia Miseria más decidido.

—¿Y dónde podemos encontrarla?

Miseria nos dio todos los detalles, varias peras para el viaje, la vela y nos hizo prometer que le mandaríamos postales cada verano. Rata parecía encantada mientras se despedía de ella.

—De mayor quiero ser inmortal —decidió.

—Me parece más complicado que ser estrella del rock —respondió Azpiazu con una ceja alzada—. Mejor estudia para otra cosa, por si acaso.

Ella estaba pendiente de su móvil. Teníamos que viajar hasta una posada abandonada cientos de años atrás. Situada entre dos pueblos pequeños de Soria. Iba a ser complicado encontrar un medio de transporte público que nos llevase allí. Yo sujetaba con cuidado la vela, pensativo. Si lo conseguíamos, tendría derecho a tres preguntas, pero debería pensarlas bien.

Había leído muchas historias de genios que elegían respuestas evasivas si no se preguntaba con cuidado. No sabía si el fantasma sería así, pero no podía arriesgarme. El móvil me vibró en el bolsillo y esta vez no me sorprendió ver que era Ovella quien me llamaba.

Alcé el móvil para enseñarles el nombre antes de coger el teléfono. Rata se llevó la mano a la boca, Azpiazu apretó los labios y Miseria entrecerró los ojos.

—¿Y ese quién es?

—El diablo Cojuelo —susurré llevándome el índice a los labios—. Voy a ver qué quiere.

Ernesto Ovella estaba en silencio cuando descolgué, aunque escuchaba su respiración al otro lado de la línea. Hubiera preferido que gritase. Tragué saliva antes de decir, en el tono más inocente que pude:

—¿Sí?

—No sé cuál es vuestro ridículo plan —contestó con esa voz tan siniestra que en realidad sonaba como dos voces a la vez—, pero ya me he cansado de vuestros jueguecitos. Vais a volver inmediatamente a casa.

—Me parece que no —respondí intentando no sonar burlón ni asustado—. Ya vimos que mandaste a un par de personas para guiarnos amablemente a casa, pero resulta que fueron demasiado lentas.

Dejó escapar un bufido al otro lado de la línea. Durante años, Ovella había actuado en el papel de secretario amable y humilde, pero, ahora que se le había caído la careta y se mostraba como realmente era, podía ver lo mucho que le molestaba que las cosas no salieran según su plan. Debía de haberle costado horrores aparentar ser tan servicial si en realidad era totalmente orgulloso.

—No deberíais estar tan confiados por haberle dado esquinazo a un par de inútiles. Ya están detrás de vuestro rastro otra vez, pero, por si vuelven a fallar, he tomado ciertas precauciones.

Fruncí el ceño con esta última frase. No me gustaba cómo sonaba. No quería preguntar directamente, porque a lo mejor entonces no me decía a qué se refería. «Le encanta pavonearse», me recordé, y me pasé la lengua por los labios antes de decir en tono jocoso.

—Bueno, si has contratado otros dos matones más, será divertido ver cómo nos deshacemos de ellos. De momento ni el que nos siguió a Toledo ni los de Cullera han logrado hacer que nos despeinemos para librarnos de ellos.

—Dile a tu institutriz que lea las noticias. Especialmente la sección de secuestros —dijo con tono orgulloso—. No me gustaría estar en su piel ahora mismo.

Fruncí el ceño. ¿Habría dicho que estábamos secuestrados? Tragué saliva con dificultad. Rata y yo éramos menores, y estaba seguro de que no nos escucharían si intentábamos decir que, en realidad, era Ovella el peligroso y que, si Azpiazu había ayudado a que viajáramos, era para acompañarnos. Ovella soltó una risita al otro lado de la línea.

—Os creéis muy listos y no sois más que un par de mocosos jugando a las adivinanzas.

—Este par de mocosos ha roto ya dos maldiciones —me atreví a decir—. Y vamos a por la tercera.

—Ya lo veremos. —Ovella parecía especialmente complacido y tenía un tono peligroso—. Loren, tú que te consideras tan inteligente y tan superior, ¿sabes cuánto tiempo se tarda en localizar una llamada de teléfono? Con el equipo adecuado, un minuto es suficiente.

Sentí que la sangre se me congelaba en las venas. La mano me temblaba cuando me aparté el teléfono del oído. La llamada había superado ya el minuto. La risa de Ovella se escuchó a través del aparato. Volví a llevármelo a la oreja, con los dientes apretados. No se me ocurría nada que decir, así que él tomó la palabra:

—Vaya, debí haber supuesto que iríais allí. Dadle recuerdos a Miseria de mi parte. Nos vemos muy pronto, Loren, estoy de camino.

Con un escalofrío recorriéndome la columna, colgué la llamada. Era demasiado tarde. Rata tironeó de mí, mientras las dos mujeres me miraban con ojos interrogantes.

—¿Qué ha pasado? —preguntó mi hermana—. ¿Qué te ha dicho?

—Tenemos problemas peores de lo que esperábamos.

14

El Zote

 Una búsqueda rápida en el móvil nos bastó para darnos cuenta de que la amenaza de Ovella no había sido un farol. Había noticias nuestras como los hijos desaparecidos de los dueños de Praesidio, la conocida empresa de seguridad. Y fotos de Azpiazu en las que salía extremadamente seria. Se hablaba de ella como presunta secuestradora.

—Lo que me faltaba —gruñó nuestra institutriz—. Más vale que una de las preguntas a ese fantasma sea cómo limpiar mi reputación.

—No podemos coger un autobús después de esto —dije tan preocupado que me tragaba sílabas al hablar. Caminaba de un lado a otro del salón de Miseria.

—No creo que los del autobús trabajen con la policía —intervino Miseria—. Ni siquiera tenéis que dar vuestros nombres para subiros.

—Pero una vez que estemos en Zaragoza nos hará falta identificarnos. Incluso para pasar la noche —dijo Azpiazu—. O si compramos cualquier cosa y pagamos con tarjeta pueden localizarnos. No suelo llevar encima mucho dinero en efectivo.

—Y vienen hacia nosotros —les recordé—. Saben dónde estamos.

El silencio que siguió se me hizo tan largo como si durase una clase entera de Matemáticas, aunque en realidad no pudo pasar más de un minuto, dos a lo sumo. El tiempo que tardó Miseria en cavilar, dar un largo suspiro y levantarse de su silla de flores.

—Conozco a alguien que os puede acercar. El Zote es un chiquillo discreto que me debe varios favores. Se ha subido más veces a mi árbol de las que puedo contar, ¡es un glotón de peras! No va a quejarse si le pido que os lleve.

La verdad es que alguien que se apodaba el Zote no me hacía tener grandes esperanzas. Su casa estaba cerca de la de Miseria, y menos mal, porque al paso de la anciana podríamos haber tardado horas en llegar si hubiera estado al otro extremo de Trasmoz. Vivía en una casa pequeña y oscura, mucho más lúgubre que la de Miseria. El timbre emitía un sonido chirriante y desagradable, y nos quedamos muy rectos esperando a que abriese la puerta.

—¡Miseria! —dijo asomando la cabeza—. Qué sorpresa.

—¿Cómo estás, jovencito?

Pensé que nos estaba tomando el pelo. Había dicho que Zote era «un chiquillo» que se subía a su peral. Me había imaginado a un chico de mi edad, quizá con algunos años más. En cambio, el hombre que abrió la puerta era mucho mayor que mis padres. Tenía edad más que suficiente para ser mi abuelo. Le quedaba poco pelo, de color blanco y alborotado, bajo un amplio sombrero de paja. Tenía unas gafas redondas apoyadas en una nariz larga. Al menos su sonrisa era amistosa.

—Claro —cuchicheó Rata—. Si Miseria tiene mil años, todo el que tenga menos de cien le parece un niño pequeño.

El Zote nos miró algo confuso.

—¿Tienes invitados? ¿Queréis pasar a tomar un chocolate caliente?

—Tienen algo de prisa —respondió Miseria—. Necesito que los lleves a Soria.

El hombre se rascó la cabeza. No había perdido la sonrisa, aunque no parecía alegre, solo confuso.

—A Soria... ¿ahora?

Y, como si lo hicieran a propósito, justo en ese momento escuchamos un motor que se acercaba por la carretera de la ladera. Dos motos negras venían a más velocidad de la permitida. Incluso a pesar de la distancia pudimos distinguir que los dos motoristas vestían de negro de la cabeza a los pies. No tenía ningún tipo de duda. ¡Eran los secuaces de Ovella!

—¡Ahora mismo! —dije—. ¡Antes de que nos atrapen!

—No tenemos tiempo que perder —insistió Miseria—. Me lo debes. No hace ni una semana que te pillé encaramado a mi peral.

Zote se rascó de nuevo la cabeza, justo por encima de la oreja, y estuve convencido de que no nos iba a llevar a ninguna parte. Nadie en su sano juicio lo haría. No hacía falta ser un genio para saber que había algo de peligro en la petición, y no nos conocía de nada.

Pero entonces Miseria carraspeó una sola vez, y le lanzó una mirada que se parecía a la que me dirigía mi madre cuando no quería limpiar el polvo. Y Zote agachó la cabeza con un suspiro.

—Está bien, está bien. ¿Me darás un tarro de tu mermelada de pera?

—Me lo pensaré —dijo Miseria.

El Zote suspiró de nuevo:

—Seguidme. Os aviso que el viaje no será muy cómodo.

—Sabía que podía contar contigo —dijo Miseria con una sonrisa satisfecha—. Tened cuidado en el viaje. Y, Loren... —Miseria me miró con esos ojos que habían visto el paso de los años y de los siglos. Nunca había estado frente a una mirada tan profunda, que me hubiera hecho sentir tan pequeño—. Recuerda: se puede ganar con trampas a un tramposo.

—Gracias, tía Miseria —respondí.

Rata se despidió con un gesto de la mano y seguimos a Zote a su garaje mientras el sonido del motor de las motos se volvía cada vez más fuerte y cercano. El hombre le pidió a Azpiazu que le repitiese la dirección para ponerla en el GPS del móvil. Tardó una eternidad, ¡y no estábamos para perder tiempo! Me daban ganas de quitarle el teléfono y hacerlo yo mismo, pero eso sería el colmo de la mala educación.

Si la primera sorpresa había sido descubrir que el chiquillo estaba cerca de la edad de jubilarse (si es que no la había superado), la segunda fue ver el vehículo que

íbamos a usar para nuestra huida. No es que esperase un coche de fórmula uno, pero tampoco la camioneta de dos plazas con la parte trasera llena de sacos de aceitunas, naranjas y otros frutos que encontramos en el garaje.

—¿Cómo vamos a viajar? —preguntó Azpiazu con la ceja izquierda tan alzada que parecía querer rozarle el pelo—. Solo hay dos plazas...

Pero a Rata y a mí nos bastó una mirada para subirnos con decisión a la parte trasera.

—Nos esconderemos aquí. Los matones de Ovella saben que estamos en este pueblo, pero no dónde exactamente. —El Zote entornó los ojos cuando dije eso, así que lo aclaré—. Ovella, el diablo Cojuelo..., es un hechicero que nos persigue. ¡Y sus matones vienen a por nosotros! Si nos cruzamos con ellos escondidos en la camioneta, podemos dejarlos atrás antes de que nos encuentren.

—Sí, porque como tengamos que ir más rápido que ellos... —farfulló Rata antes de girarse hacia nuestro aliado—: ¡Sin querer ofenderle, señor Zote!

El hombre se encogió de hombros. Parecía tan confuso como resignado. Buscó la llave en el bolsillo del vaquero gastado y caminó hacia la puerta.

—Ser vecino de Miseria hace que la vida no se vuelva aburrida. ¡Nunca sabes con qué te va a sorprender esta mujer! —murmuró para sí mismo.

—Esto es muy irregular y no cumple ninguna regla de seguridad —insistió Azpiazu.

—Que nos persigan unos matones al servicio de un hechicero tampoco nos deja muchas más opciones —respondí ayudando a Rata a acomodarse entre dos sacos de naranjas—. ¡Por cierto! Si vas a viajar delante, tienes que camuflarte.

Azpiazu abrió la boca para replicar, pero, antes de que pudiera hacerlo, el Zote se quitó su sombrero de paja y se lo tendió con gesto galante.

—Si os ayudo, lo hago en todo.

Por la forma en la que sonrió, algo me decía que también se divertía al ver cómo alguien tan elegante y serio como Azpiazu se cubría con un sombrero viejo de paja y una manta de viaje que tenía en el asiento del copiloto y que nuestra institutriz se echó por los hombros como si fuera un chal. Yo me aseguré de que Rata estaba bien escondida y protegida, y me acurruqué detrás de unos sacos de aceitunas.

—¿Listos ahí atrás? —preguntó el Zote.

—¡Nacimos preparados! —respondió Rata con un grito alegre.

—¡Pues allá vamos! —dijo Zote, y puso el motor en marcha.

15

Naranjas delatoras y aceitunas defensivas

La huida fue bastante menos espectacular de lo que hubiera quedado bien para una película. O, al menos, al principio. La furgoneta de Zote hacía tantísimo ruido que no escuchamos el rugido de las motos hasta que las tuvimos encima. Los esbirros redujeron la velocidad y Rata y yo nos agazapamos en nuestros escondites cuando pasaron a nuestro lado. Contuve la respiración y no solté el aire hasta que las dos motos se alejaron.

Y, por un instante, pareció que eso había sido suficiente para engañarlos.

—Los matones de Ovella son aún más tontos que él —dijo Rata levantando la cabeza.

Sin darse cuenta de que, con el movimiento, hizo que varias naranjas salieran del saco y rodaran por el borde de la camioneta.

—¡Nooo! —grité, y me estiré para cogerlas.

Logré atrapar una antes de que siguiera rodando. Otra se chocó contra la esquina y rodó de vuelta hacia nosotros. Pero la tercera encontró un hueco en la puerta trasera y se lanzó al vacío, dejándose caer por la carretera.

Podría haberse quedado en un detalle sin importancia si no fuera porque la motorista del pelo rizado eligió

ese preciso momento para echar un último vistazo a la camioneta, si la naranja no le hubiera llamado la atención lo suficiente para levantar la cabeza y si nuestras miradas no se hubieran encontrado...

Clavó sus ojos en los míos y durante un instante sentí que el mundo entero se detenía. Glup. Tragué saliva. En ese instante supe que había echado a perder las posibilidades de una huida tranquila.

La motorista lanzó un grito a su compinche y giraron la moto, en una maniobra que, seguro, no estaba permitida, para lanzarse en nuestra búsqueda. Rata golpeó la chapa de la cabina de la furgoneta.

—¡Acelera, Zote! —chilló—. ¡Nos persiguen!

El Zote lo intentó. El motor de la camioneta se revolucionó. Dio un acelerón que hizo salir un montón de humo negro del tubo de escape, haciéndonos toser y despistando un par de segundos a los motoristas, pero no era suficiente. Con un bramido, las motos aceleraron y la distancia con nosotros empezó a desaparecer en cuestión de segundos.

—¡Van a pillarnos! —gritó Rata.

—Tenemos que impedirlo —dije con más decisión de la que sentía.

Porque ¿cómo íbamos a detener a dos motos en marcha? Estaban casi encima de nosotros y apreté los dientes. Más me valía ponerme creativo, porque no quería enfrentarme a ellos en persona. Me apoyé en el saco que tenía delante para levantarme. Eran aceitunas recién cogidas del árbol, tan duras como canicas.

—Canicas... —murmuré apretando una entre los dientes—. ¡Eso es!

Cogí el saco y lo empujé hasta el borde de la camioneta. No es nada fácil (ni recomendable) trajinar en un vehículo en marcha. Si incluso en el metro es fácil perder el equilibrio, no puedes imaginar lo delicado que es caminar por una camioneta en marcha que va dando tumbos y botes por el asfalto. Sujeté la lona del saco con todas mis fuerzas y esperé a que estuvieran más cerca, a unos metros.

—¿Loren? —me preguntó Rata confundida.

—Un momento más —murmuré más para mí mismo que para ella—. Ya casi...

Los esbirros estaban tan cerca que ya podía distinguir sus rasgos a pesar del casco. Aunque en Cullera solo los

había visto de reojo, pude reconocerlos. Eran los mismos. Mejor así, prefería saber que nos habían estado siguiendo todo ese tiempo a pensar que Ovella tenía matones en cada ciudad dispuestos a seguir sus órdenes.

La chica iba un poco por delante del otro motorista. Se acercaba tanto que podía ver el brillo en sus ojos. Estaba deseando ponernos la mano encima.

Pero yo tenía otros planes.

—¡Ahora!

Y empujé el saco para derramar las aceitunas entre nosotros.

Se dispersaron como canicas. Estaban demasiado cerca para dar un rodeo y esquivarlas. Me pareció ver cómo se ponían blancos del susto y se agarraban con fuerza a la moto para no perder el control. La chica hizo

cabriolas para no caerse, pero el chico no fue tan afortunado. Después de dar un par de vueltas sobre sí mismo, perdió el control de la moto y acabó aterrizando en unos arbustos.

Antes de que pudieran recuperarse, una nueva descarga vegetal se derramó en la carretera. Esta vez fue Rata, que no se contentó con empujar un saco de naranjas, sino que cogió una de ellas y la lanzó con todas sus fuerzas contra la motorista.

¡PLAS!

Con tan buena puntería que le dio en todo el casco y la chica tuvo que frenar para intentar limpiar el cristal de zumo y pulpa de naranja.

—Qué desperdicio de vitamina C —se lamentó Rata con una sonrisa de oreja a oreja.

—Azpiazu no va a estar muy contenta —respondí con una carcajada—. Odia cuando desperdiciamos comida.

De hecho, nuestra institutriz nos lanzaba miradas asesinas desde el retrovisor. Aunque sospechaba que estaba más asustada que indignada. Por si acaso, Rata y yo volvimos a los escondites. En nuestra defensa, había sido causa de fuerza mayor.

La camioneta serpenteó por la carretera y logramos perderlos de vista antes de que se recuperasen. Lo último que vi fue que la motorista se llevaba la mano al bolsillo para sacar el teléfono móvil. ¿Querría informar a Ovella de lo que había pasado? ¿Se rendía así de fácil?

—¡Ha sido pan comido! —exclamó Rata con voz alegre.

—Sí, más fácil de lo que esperaba —murmuré yo—. Tal vez... demasiado fácil.

—¡Quita esa cara de lechuga! —Mi hermana sonrió como si acabara de sacar un diez en Sociales—. Se nos da bien esto.

Podría ser, pero tenía una sensación rara, como si sintiera unas patas de araña recorriéndome la espalda. Serían los nervios, pero no quería confiarme. De todas formas, estaba seguro de que eso no bastaría para deshacernos de ellos. Al menos, habíamos conseguido poner algo de distancia.

Después del susto inicial, el viaje fue largo y aburrido. Lo malo de sentarte entre sacos de frutas es que no hay forma de encontrar una postura cómoda que dure.

Además, el viento hacía imposible que Rata y yo pudiéramos charlar con un mínimo de normalidad, por no hablar de que se nos quedaban frías las manos y las orejas. Zote condujo durante toda la noche, con un par de paradas para echar gasolina o descansar en un área de servicio.

El Zote no parecía demasiado preocupado, ni siquiera cuando le contamos mejor los motivos de nuestro viaje. Lo único que hizo fue alejarse para llamar por teléfono a uno de sus vecinos.

—Tengo que pedirle que les ponga comida a mis gatos. ¡Son muy maniáticos con sus horarios! —explicó.

Debía de ser un vecino un poco torpe, porque tardó un buen rato en volver. Cuando regresó, le pregunté si de verdad merecía la pena ayudarnos por un bote de mermelada.

El Zote esbozó una larga sonrisa y asintió:

—Ese peral es mágico. Si comes su fruta, no puedes parar. Nada te sabe igual.

—Supongo, pero te hemos arrastrado a una situación un poco rara, ¿no crees? —le pregunté.

Él se rascó el pelo blanco.

—Miseria me ha pedido cosas más raras, pero merece la pena. Ya te digo, nada sabe igual.

Rata y yo nos acurrucamos en el último trayecto dando cabezadas, acostumbrados ya al zumbido del motor. Yo me despertaba a ratos y perdía la mirada en las estrellas mientras repasaba todas las cosas que nos estaban pasando en esos últimos días.

Era como si el mundo entero se hubiera puesto del revés.

Dudé por un instante si mis profesores se preguntarían qué estaba pasando conmigo, o si mis compañeros estarían preocupados. Hasta ese momento, solo había faltado a clase cuando estaba tan enfermo que me costaba salir de la cama. Pensé en Diana, mi rival en el aula, la única chica que sacaba mejores notas que yo. ¿Se estaría alegrando de no tener competencia? La vida normal, con las clases, las extraescolares y los deberes parecía tan lejana como si la hubiera vivido otra persona.

Nunca antes creí que una parte de mí desearía con tantas fuerzas volver a dar clase.

La furgoneta del Zote redujo la velocidad en una carretera secundaria que luego se convirtió en un camino de tierra. El polvo formaba nubes de humo a nuestro alrededor. Había encinas e higueras, jaras y otros arbustos que se volvían cada vez más abundantes en una carretera por momentos más irregular y estrecha. Empezaba a parecerse a una culebra que serpenteaba entre los riscos.

Entonces, la furgoneta se detuvo. Paramos frente a un edificio en ruinas: un muro de piedra sólido y sin ventanas con una única puerta desvencijada. Rata se incorporó con un bostezo, frotándose los ojos. Azpiazu abrió la puerta y el Zote también salió, con movimientos lentos.

—Hemos llegado —anunció.

16

La posada maldita

Costaba creer que esos muros en ruinas hubieran sido alguna vez una posada. La mala hierba crecía alrededor y, bajo la luz de la luna y rodeada del canto de los grillos, parecía sacada de una película de miedo.

Habían debido de pasar siglos desde que algo la maldijo y la fachada se había ido derrumbando con el tiempo. Nadie se había acercado para tirarla del todo y construir encima. En parte, porque estábamos bastante alejados de cualquier ciudad o carretera importante. En parte, porque la gente evita los sitios o las personas encantadas.

No hablo de los encantamientos falsos, como esos hoteles que anuncian que tienen fantasmas en el sótano o que las cosas se mueven solas. Hablo de las maldiciones reales, como la de la casa de Toledo o la que hacía que

Luis caminara sin parar. Cuando hay algo realmente mágico, la mayoría de las personas parecen incapaces de fijarse en ello o de darle importancia, y mucho menos de hacerse preguntas.

Me acerqué a la entrada pasándome la vela de una mano a otra.

—Repasemos las normas. Tengo que entrar con esta vela encendida y salir antes de que se apague.

—¿Cómo que tienes? —Azpiazu apoyó las manos en las caderas—. No vas a entrar ahí tú solo.

—Recuerda lo que nos ha dicho Miseria —dije—. Hay que entrar de uno en uno porque si no alguien se quedará allí para siempre. No es que me haga especial ilusión ir solo en busca de un fantasma, pero no nos podemos saltar las reglas.

—No me parece responsable. Yo soy la adulta y supuesta secuestradora. —Puso los ojos en blanco—. Debería ser yo la que se arriesgara.

¡Ni de broma! No era porque Azpiazu no me pareciera una persona competente, en absoluto, pero era demasiado racional y no me la imaginaba persiguiendo fantasmas. Podía ser nuestra única oportunidad de averiguar qué les había pasado a nuestros padres y no quería echarla a perder.

—Si entrases en la posada, nos dejarías aquí solos con un desconocido —razoné señalando a Zote discretamente. El pobre hombre nos había llevado hasta allí sin una sola queja y no parecía más peligroso que una ovejita perpleja, pero era el único argumento que se me ocurría y tenía que hacer que sonase convin-
cente—. Creo que es mejor que me esperes aquí con Rata.

—¡Qué morro! —protestó mi hermana—. ¿Y por qué no voy yo?

—Eso ni hablar —dijimos Azpiazu y yo a la vez. Al menos estábamos totalmente de acuerdo en eso.

Azpiazu apretó los labios dándole vueltas a mi idea y al final dejó escapar un suspiro.

—Más vale que te des prisa. No me hagas entrar a buscarte.

—¡Te prometo que seré rápido! —Di un salto en el sitio con la emoción recorriéndome toda la piel como si fueran hormiguitas que paseaban por todo mi cuerpo—. ¿Tenemos fuego para encender la vela?

Por suerte, el Zote guardaba una caja de cerillas en la guantera. Después de encender la vela, me guardé el resto de la caja en el bolsillo de la chaqueta. No creía que, si la vela se me apagaba dentro de la posada maldita, pudiera volver a encenderla, pero no perdía nada por llevarlas encima.

Esperaba que la llama de la vela tuviera un tono dorado, o que dejara escapar chispas de luz, o me iluminase con un tono misterioso, pero tenía una luz tan normal que me preocupó que Miseria me hubiera dado la vela equivocada. Era una mujer muy mayor, ¿y si se había confundido?

—¿Estás seguro de qué...? —empezó a preguntar Azpiazu, y no le dejé terminar.

Agarré con decisión la vela y asentí.

—¡Estoy listo!

—Vuelve antes de que amanezca —me ordenó mi institutriz en tono serio—. O te tendremos que ir a buscar.

Esperaba que me diera tiempo suficiente. Me despedí con un gesto de la mano y me adentré en la posada. Y pasó algo inexplicable tan pronto como crucé el umbral.

La temperatura descendió varios grados y me estremecí de frío. Dejé de escuchar los grillos y las voces de Azpiazu y de mi hermana, como si hubiera cerrado una puerta aislante entre nosotros. Las sombras también se habían vuelto distintas, más oscuras y más densas. Por suerte, la luz de la vela seguía brillando e iluminaba lo que había a mi alrededor.

—Voy bien —me dije—. Será fácil. Solo tengo que encontrar a ese fantasma.

Decirlo era una cosa, pero conseguirlo era otra. En cuanto empecé a avanzar, me di cuenta de que las ruinas eran engañosas. Había pasillos demasiado largos para caber en el edificio que había visto por fuera. A veces, al darme la vuelta, el camino que había dejado atrás ya no estaba. Quise creer que era mi imaginación, pero no logré convencerme de que fuera solamente eso. Parecía que las paredes estuvieran vivas.

No tardé mucho en perder la noción del tiempo. Di un respingo cuando la cera derretida me alcanzó los dedos. La vela empezaba a derretirse. Apreté el paso.

—¿Hola? ¿Hay alguien aquí? —pregunté a las paredes.

Una brisa que apareció de ninguna parte me acarició la nuca. La luz de la vela titiló. Y, por si fuera poco, desde alguna parte del laberinto me llegó un sollozo fantasmagórico.

Tuve que exprimir todo el valor que había en mi cuerpo para obligarme a seguir adelante. No sé cuánto hubiera dado por descubrir que todo eso era un mal sueño y

despertar en mi cama, con mis padres sanos y salvos, y Rata haciendo trastadas en vez de acompañarme en aventuras peligrosas.

Apreté los dientes y seguí adentrándome, intentando seguir el sonido del fantasma. La posada se volvía más y más oscura, y me daba la impresión de que la luz de la vela cada vez alumbraba menos.

—Vamos, Loren, puedes hacerlo —me dije para animarme—. Los fantasmas no muerden.

Puede que ya te haya contado esto..., ¿te suena?

Porque entonces sabrás que el techo crujió sobre mi cabeza, que el lamento de la chica fantasma se escuchó aún más cerca y que, justo después, una mano fantasmal apareció de entre los escombros para sujetarme. El susto me hizo dar un salto, y puede que un grito, y la vela cayó a mis pies.

—¡Malditas maldiciones! —grité lanzándome para recogerla antes de que la llama se apagara.

Lo conseguí por poco y ahí, en el suelo, me fijé en un dibujo que hizo que el corazón casi se me saliera del cuerpo. Era un animal con cabeza de gallo y cola de serpiente. A esas alturas, conocía de sobra el símbolo y lo que eso significaba.

Esa criatura era la firma del diablo Cojuelo, o de Ernesto Ovella, como se había presentado cuando empezó a trabajar para mis padres.

Y, si estaba allí dentro, significaba que se nos había adelantado. Ya había estado en ese sitio. «O peor aún», pensé con una gota de sudor frío deslizándose por mi nuca. «Este sitio es una trampa».

Y, como si hubiera esperado este momento, escuché una risa justo a mi espalda. Una risa nada fantasmal, solo siniestra y de alguien al que conocía demasiado bien.

El diablo Cojuelo.

17

La traición

Unos aplausos siguieron a la risa. Aplausos lentos, como los que dan los villanos en las películas. Agarré la vela con más fuerza, casi como si fuera un arma. Ovella salió del escondite entre las ruinas con una sonrisa de lobo y miró orgulloso el dibujo de la criatura mitad gallo mitad serpiente.

—Estabas tan asustado que no sabía si te ibas a fijar en mi obra de arte.

—¿Qué haces aquí? —gruñí.

—Vamos, Loren —dijo con esa voz tan rara que era grave y aguda al mismo tiempo—. Eres un chico listo. Sabes que soy un hechicero, más poderoso que los océanos y más viejo que el sol. ¿De verdad creías que unas aceitunas podrían despistarme?

Se acercó hacia mí y di un paso atrás. Ovella era un hechicero o, por lo menos, alguien con poder para lanzar maldiciones, lo cual era igual de preocupante. Me esforcé en parecer valiente, con la barbilla alta y el ceño fruncido. Miseria me había comentado que el diablo Cojuelo era muy fanfarrón y que no tenía tanto poder como decía.

Pero, con esa sonrisa torcida y el brillo extraño en sus ojos, sí que me parecía de lo más preocupante.

—Eres demasiado ingenuo, Loren. Si confías en desconocidos no deberías sorprenderte cuando te traicionan.

¿Nos habían traicionado? ¿Había sido Azpiazu, después de todo, la que había decidido que no merecía la pena ayudarnos? Nuestra institutriz podía ser severa y seria, hasta un poco aguafiestas, pero en el poco tiempo que llevaba con nosotros se había ganado nuestra confianza.

¡El Zote! De pronto todas las piezas encajaron. El hecho de que no pareciese demasiado sorprendido ni molesto por tener que llevarnos de una provincia a otra. La larga llamada «para que el vecino cuidara de sus gatos». Incluso que los motoristas no se esforzaran por perseguirnos. Ahora tenía sentido: no les hacía falta.

En algún momento, el Zote había informado a Ovella de que iba con nosotros. Podría haberlo hecho cuando fingía colocar el GPS. ¡Había tardado una eternidad en hacerlo! Recordé el gesto de la motorista de sacar el móvil cuando detuvo la moto. ¿Y si en ese justo momento Ovella les llamaba para decirles que no hacía falta que nos detuvieran? Ya sabía exactamente hacia dónde nos dirigíamos. Era más cómodo esperarnos aquí.

Se acercó un paso más hacia mí y, cuando quise echarme atrás, me topé con la espalda contra la pared de piedra. Su sonrisa se volvió más larga y retorcida.

—Vamos, Loren. Me conoces desde hace años. ¿No irás a tenerme miedo?

—No tengo miedo —respondí alzando la barbilla—. Es sentido común.

—Qué es lo que quieres, ¿que tus padres se despierten? Podemos hacer un trato.

Estiró la mano hacia mí. Si hubiera podido alejarme más, lo hubiera hecho, pero estaba arrinconado entre la pared y su mano. Puse una mueca.

—Antes metería el brazo en una jaula de víboras.

Ovella se llevó una mano al pecho con un gesto dramático.

—Me partes el corazón. Y tú te pierdes mi generosa oferta, porque no tienes más opción que ayudarme a encontrar a ese fantasma.

—¿O qué? —pregunté desafiante.

Ovella me dedicó una sonrisa tan dulce como venenosa.

—O el siguiente fantasma será el de tu traviesa hermanita. Mis esbirros ya habrán llegado para evitar que Azpiazu y Rata intenten hacer cualquier tontería. Lo mismo pasa si tú no te portas como un buen chico y compartes la luz de tu vela. Basta con que les dé una señal y... —Sacó el teléfono móvil del bolsillo y frunció el ceño. La pantalla estaba apagada—. Qué raro...

Lo primero que pensé es que no me parecía tan raro que en un sitio encantado la tecnología no fuera bien del todo. Si los espíritus o la magia podían abrir puertas, hacer caminar a un hombre día y noche o volver inmortal a una mujer, no era tan extraño que produjeran interferencias. Lo segundo que pensé era que podría ser la única oportunidad que iba a tener de escapar, la única distracción que iba a hacer que Ovella apartase los ojos de mí.

Y no pensaba desaprovecharla.

Eché a correr con todas mis fuerzas. Ovella tardó unos instantes en reaccionar. Lo sé porque escuché su voz llamarme, confuso y luego enfadado, y sus pies ponerse en marcha. No me giré para mirarlo, no pensaba perder ni medio segundo. Seguí corriendo mientras su voz se volvía más y más profunda, como un bramido que reverberaba contra la roca.

—¡LORENZO! ¡MÁS VALE QUE TE DETENGAS!

Ni siquiera malgasté aliento en responderle. Apenas me fijaba hacia dónde corría. La vela titilaba en mi mano y la acerqué más a mi pecho para protegerla de la brisa. Atravesé pasillos a medio derruir. Pasé delante de puertas abiertas que daban a habitaciones vacías. Si me equivocaba en un giro y terminaba en un callejón sin salida, no tendría más oportunidades.

Así que no había opción de fallar.

—COMO SEA YO EL QUE TE ATRAPE VAS A LAMENTARLO.

Traté de aguzar el oído para escuchar por encima de sus rugidos, de mi respiración agitada y del golpeteo enloquecido de mi propio corazón. Los lamentos del fantasma se seguían escuchando y cada vez estaban un poco más cerca. Traté de concentrarme en esa voz espectral, solo en eso. Nunca en mi vida había pensado que correría con todas mis fuerzas para lanzarme a los brazos de un espíritu.

Sentí un pinchazo de flato bajo las costillas. Apreté los dientes y seguí corriendo. Estoy bastante en forma, pero no es lo mismo dar un par de vueltas a una pista para calentar que correr para salvar tu vida. Lo único que me daba fuerzas era que la voz de Ovella se escuchaba cada vez un poco más lejos y el lamento del fantasma un poco más cerca.

Me atreví a lanzar la mirada por encima del hombro. Le estaba dejando atrás, pero no podría correr para siempre. Tenía que esconderme. Aprovechando la ventaja que le había sacado, me metí en una de las habitaciones que se abrían a los lados del pasillo, una con un armario lo bastante sólido para poder meterme dentro.

Cerré detrás de mí, apoyé la vela en el suelo y la cubrí con mi cuerpo, tratando de ocultar la luz. Si Ovella veía el resplandor, no me habría servido de nada esconderme. Escuché sus pasos por el pasillo, ya no gritaba mi nombre, solo jadeaba de forma pesada y húmeda. Me quedé paralizado. Sus pasos eran fuertes e irregulares. No sonaba como un humano, más bien parecía una bestia que corriese a cuatro patas.

Con la cabeza gacha, el cuerpo sobre la vela y la mirada fija en la llama, me quedé quieto como una estatua hasta que los pasos de Ovella, o de aquella cosa, se perdieron adentrándose en los muros de la posada.

—Te lo estás imaginando —me dije a mí mismo con un hilo de voz.

El silencio era tan intenso que cada movimiento parecía hacer un ruido escandaloso.

—¿El qué? —me preguntó una vocecita aflautada a mi espalda—. ¿Qué te estás imaginando?

Y, solo en ese momento, me di cuenta de que ya no escuchaba al fantasma.

18

El rescate

Si alguna vez has jugado al escondite, sabrás que dar un grito no es buena idea. Pues, créeme, es incluso peor idea gritar cuando de lo que te escondes no es de un amigo, sino de un hechicero desalmado, y, en vez de jugar en el parque, te estás ocultando en las ruinas de un edificio encantado.

Pero no podía razonar con mucha claridad cuando me di el susto más grande de mi vida. Si no hubiera tenido ya el pelo blanco, se me habría puesto así en ese momento. La chica que tenía justo detrás de mí debía de tener mi edad. O la tenía cuando se convirtió en un espectro, porque no era una chica, era un fantasma. Quedaba claro porque podía ver a través de ella. Su imagen flotaba en el aire y dio un respingo cuando grité. Abrió mucho los ojos enrojecidos por el llanto y se llevó una mano a la boca. Yo la imité para contener el sonido.

No podía apartar los ojos de ella. Nunca antes había visto un fantasma, pero no me lo esperaba así. No daba miedo ni parecía enfadada. Tampoco trataba de asustarme. Solo era una chica triste que me miraba con ojos enormes. Tenía una cara redonda y un vestido que le quedaba algo grande. Como si, cuando se lo hubieran regalado, sus padres esperasen que aún diese el estirón y le durara más años. Resultaba irónico, o triste, pensar que esa chica nunca iba a crecer, que la ropa le iba a quedar siempre un poco grande.

—¿Qué haces aquí? —preguntó con una voz delicada, apenas audible.

Tragué saliva. Buscarla, claro, eso era lo que había ido a hacer. A no ser que se refiriera a qué estaba haciendo dentro del armario, que era esconderme de Ovella. Sacudí la cabeza y dije algo que también era verdad y que sonaba un poquito mejor.

—He venido a sacarte de aquí.

Su expresión cambió. Pasó de estar solo triste a estar triste y esperanzada. Incluso juraría que las mejillas cogieron un poco de color, pero es difícil estar seguro de eso cuando estamos hablando de un fantasma.

—¿De verdad? Llevo muchísimo tiempo aquí dentro. —Sus ojos se volvieron algo lúgubres—. No eres el primero que lo ha intentado, pero no es tan fácil salir de aquí. Hace falta la luz de...

—¿Esta vela? —dije alzándola.

El estómago me dio un vuelco al darme cuenta de que pesaba mucho menos que antes. Entre la búsqueda y la carrera, la vela se había consumido hasta la mitad.

—¡Esa vela! —exclamó ella.

Pareció darse cuenta también de que nos quedaba solo la mitad del tiempo, porque se puso en pie de un salto y trató de tirar de mí para que también lo hiciera. Sus manos me atravesaron y sentí un escalofrío y que la piel se me erizaba allí donde me había tocado.

—¡Vamos! Si se apaga mientras sigues aquí dentro tú tampoco podrás salir nunca. ¡Y entonces jamás encontraré la forma de escapar!

—Espera, me están persiguiendo. Hay un hombre muy poderoso que quiere ser quien te rescate. Y no por tener su momento heroico. Solo quiere que le respondas a tres preguntas.

Me sentí un poco mal después de decirlo porque ese era el mismo motivo por el que yo estaba allí. No había querido ir a la posada por ayudarla, ni porque me preocupase lo más mínimo salvar a la chica que llevaba décadas atrapada allí.

Ni siquiera había pensado en ella de verdad hasta ese momento. Me dije que, al menos, yo necesitaba las respuestas para algo bueno, pero no me hizo sentir mucho mejor. Aunque me preocupase por mis padres, podía ser un egoísta.

La chica se encogió de hombros.

—Diría lo que fuera a quien sea que me saque de aquí.

—Venga. —Abrí con cuidado de no hacer ruido la puerta del armario y me aseguré de que el pasillo estaba vacío antes de hacerle un gesto para que me siguiera—. En marcha... ¿Cómo te llamas?

La chica sonrió por primera vez, con un brillo cálido en sus ojos. La falda de su vestido se desdibujaba alrededor de sus piernas con el movimiento, como si se convirtiese en vapor en vez de ser de tela.

—Soy Eleonor.

—A mí puedes llamarme Loren —dije, y le estiré la mano antes de darme cuenta de lo absurdo que era el gesto.

Con los sentidos alerta, empezamos a buscar la salida. Iba tan tenso que cualquier crujido de vigas o ulular del viento me hacía saltar en el sitio. Esperaba encontrarme con Ovella en cualquier momento. ¿Se habría adentrado tanto como para perderle? ¿O estaría escondido detrás de la siguiente esquina, preparado para lanzarse sobre mí?

Por increíble que parezca, el ambiente era aún más siniestro cuando el laberinto en ruinas estaba silencioso que cuando escuchaba los sollozos fantasmales. A lo mejor tenía esa sensación porque la presencia de la chica era como un soplo de aire gélido en mi nuca, y porque resulta de lo más inquietante mirar a alguien a los ojos y ver lo que hay detrás *a través* de su cuerpo.

Y, por si fuera poco, no estaba seguro de ir en la dirección correcta. Había corrido con todas mis fuerzas. Me había concentrado tanto en adelantar a Ovella que no recordaba en qué dirección había girado o qué bifurcaciones había dejado atrás.

—Este pasillo no me suena de nada —murmuré, desconcertado, al pasar por uno con tapices raídos que aún estaban colgados de la pared.

—El laberinto se mueve sin cesar —suspiró ella—. Los pasillos cambian. A veces llego a estancias que no he visto nunca y no vuelvo a ver jamás. Otras veces me quedo meses atrapada en un circuito de corredores del que no puedo escapar.

—El sitio... ¿está vivo? —pregunté perplejo—. Pero entonces es casi imposible.

Eleonor ladeó la cabeza, burlona:

—¿Qué esperabas cuando entraste en un edificio maldito?

No supe qué responder, pero desde luego no creía que fuera a ser algo tan complicado como eso. Ya había vivido los efectos de las maldiciones, había visto magia en un peral y en unas botas, incluso me había tenido que lanzar a un pozo de agua encantada. Pero esa posada era peor incluso de lo que me temía.

¿Y si nunca encontraba la salida?

Además, si Ovella no había mentido, Rata y Azpiazu estaban en manos de unos desalmados. Mi único alivio

era que él estaba ahí, atrapado conmigo. Pero, como consuelo, dejaba bastante que desear.

Los minutos transcurrían uno tras otro mientras dábamos vueltas sin rumbo. La vela se hacía más y más pequeña. La cera se derramaba hasta mis dedos y me hubiera gustado tener una forma de evitar que se consumiera.

—¿No sabes hacia dónde está la entrada? —le pre-

gunté a Eleonor.

—¿Crees que llevaría siglos aquí si lo supiera? —contestó con una mueca—. Creía que para eso tenías la vela.

—Es que tampoco venía con un manual de instrucciones —resoplé.

Entonces escuché un sonido que me heló la sangre en las venas. Un jadeo como el de un perro o un animal hambriento. Y luego unos pasos que le acompañaban, el ruido de garras que arañaban el suelo. Miré asustado a Eleonor.

—¿Qué más cosas hay aquí dentro?

—¡Nada más! —dijo con un hilo de voz. Si hubiese tenido piel, estoy seguro de que hubiera palidecido—. Llevo mucho tiempo sola. Han entrado algunos que intentaban sacarme, como tú, y se perdían en el laberinto...

—Lo que suena no parece humano.

Tenía toda la piel de gallina y esta vez no era por el frío que envolvía a Eleonor. Alcé la vela para asegurarme de que, al menos de momento, seguíamos solos en el pasillo. No había ojos ni criaturas agazapadas..., pero vi otra cosa.

—¡Eleonor! ¡Mira esto!

El humo de la vela no se desdibujaba como haría en cualquier vela normal. Formaba un hilo, casi invisible pero firme, que se tensaba en el aire como si fuera un cordel. Un cordel que tiraba en una dirección.

—Tiene que ser la salida —dijo ella como si me leyese la mente.

—¡Vamos!

Corrí intentando no hacer ruido, protegiendo con la mano la llama cada vez más débil. Eleonor y yo atravesamos pasillos en ruinas, estancias decadentes y corredores que parecían a punto de derrumbarse sobre nosotros, pero ni siquiera nos fijábamos en lo que nos rodeaba. No nos hacía falta. El cordel de humo de la vela era cada vez más sólido. Casi me parecía que tiraba de nosotros para ayudarnos a salir de allí.

—¡Loren! ¡La puerta!

Eleonor estaba exultante. Tanto que intentó tirar de mi brazo de nuevo. Y esta vez ni siquiera me importó, a pesar del frío que me caló hasta los huesos cuando me atravesó. Esbocé una sonrisa al ver la salida ya casi al alcance de mi mano.

Antes de poder rozar la puerta, un aullido ensordecedor nos hizo saltar en el sitio. Un borrón enorme y negro se lanzó sobre nosotros. Solo vi oscuridad y dientes. Esa cosa, ese monstruo, impactó sobre mi costado, lanzándome por los aires hasta que caí aparatosamente contra el suelo. Y la vela, lo que quedaba de ella, salió despedida de entre mis manos.

19

El lobo feroz

Eleonor trató de agarrar la vela, que atravesó sus manos. Pero no cayó al suelo; una garra oscura la atrapó en el aire. Solo quedaba el final de la misma, con una llama tan débil y parpadeante que era cuestión de segundos que se apagara del todo. Quien la había cogido era un lobo o algo parecido a un lobo. Un lobo gigantesco, con un hocico enorme y demasiados dientes torcidos y salivantes. Un lobo capaz de sostenerse sobre sus dos patas traseras, con garras que parecían manos y unos ojos azul claro con un brillo inteligente. Un lobo que soltó un aullido que se convirtió en carcajada, y entonces empezó a perder pelo, a erguirse y a convertirse en una figura humana.

El lobo se transformó en Ovella, que sujetaba con cuidado los últimos restos de la vela. Tenía una expresión victoriosa y una mirada febril fija en la llama.

—Por fin —murmuró con voz queda.

Lanzó una mirada en mi dirección y cerré los ojos, quedándome tan quieto como si estuviera inconsciente. Ovella soltó otra carcajada. Me costaba creer que ese era el mismo hombre que había ayudado a mis padres a llevar la empresa y que, durante años, se había esforzado en ser amable y educado conmigo. Se había ganado mi

confianza, la de nuestra familia.

Ninguno habíamos sospechado que en realidad era un monstruo lleno de maldad y avaricia.

—Deberías haberme dado la vela cuando te lo pedí por las buenas —murmuró, aunque estaba hablando para sí mismo, como si estuviera encantado de escucharse—. Te habría dejado encerrado aquí de todas formas, pero al menos no habríamos tenido que jugar al pillapilla.

Apreté los dientes, pero me mantuve totalmente inmóvil.

—¿Vas a dejarlo aquí? —No esperaba que Eleonor interfiriese para ayudarme. Sabía que estaba desesperada por salir y que esa era su última oportunidad para hacerlo.

Ovella torció el gesto.

—¿Quieres escapar de aquí o quedarte con este pardillo?

Eleonor se mordió el labio. Se giró una vez más hacia mí, pero esta vez, aprovechando que Ovella estaba girado hacia ella, tenía los ojos abiertos. Le guiñé un ojo y ella apretó los labios para contener una sonrisa.

—Tienes razón. ¿Nos vamos?

Ovella sonrió y empujó la puerta.

La brisa de la noche entró por el resquicio. Distinguí la camioneta del Zote y, a su lado, una de las motos de sus esbirros. Me incorporé en silencio, pero necesitaba un instante más para llegar hasta donde estaba él.

Eleonor vaciló en la puerta.

—¡Espera! —Logró detener a Ovella antes de que la atravesara—. Creo que alguien te ha engañado.

—¿Qué tontería estás diciendo? —resopló Ovella perdiendo la paciencia—. ¿Quién me ha engañado? ¿Cómo?

La llama se agitaba en sus últimos instantes. Me incorporé apoyándome en las manos como si fuera un corredor esperando el pistoletazo de salida de la carrera más importante de mi vida. Y, bueno, puede que lo fuera, ya que podía convertirse en la última.

Plaqué con todas mis fuerzas a Ovella haciendo que saliéramos al mismo tiempo con la vela en sus manos. Eleonor corrió a nuestro lado y los tres trastabillamos. Un estruendo a nuestra espalda nos hizo cubrirnos. Las ruinas de la posada se derrumbaron detrás de nosotros. La estructura se vino abajo tan pronto como cruzamos el umbral.

Miseria había dicho que, si dos entraban a la vez, solo uno podría salir con vida. No sabía si era cierto o no, pero sentí una oleada de alivio que me hizo temblar al recordar que no habíamos entrado al mismo tiempo. Con las maldiciones nunca se sabe. Es mejor seguir las instrucciones al pie de la letra.

—¿Jefe? —gritó uno de los motoristas mientras el otro corría para ayudarle.

—¡Loren! —chilló Rata desde la camioneta. Estaba junto a Azpiazu, ambas atadas con las manos a la espalda.

Intenté correr hacia ellas, pero la voz de Ovella me detuvo:

—Yo no tendría tanta prisa por volver a hacer algo estúpido.

En mi opinión, empujarle para salir a la vez que él no había sido estúpido, sino brillante. Pero la vida de mi hermana estaba en juego, y no era el momento de hacerme el gracioso. No con Zote en actitud amenazante cerca de ellas. No cuando había visto la criatura en la que Ovella podía transformarse.

—Eleonor, tengo tres preguntas, ¿verdad? ¡Necesito que me digas cómo escapar de Ovella!

Miré con desesperación a Eleonor, pero ella me devolvió una expresión triste.

—Técnicamente, ha sido él quien sostenía la vela cuando he salido.

—¡Hemos salido juntos! —protesté—. ¡Debería tener derecho a una pregunta! Por favor, dime cómo despertar a mis padres.

Eleonor sacudió la cabeza lentamente:

—No hago las reglas, Loren. —Sus ojos se fijaron en los míos con mucha intensidad, como si quisiera decirme algo en clave—. Muchas veces la importancia está en los detalles.

Quise gritar de rabia. No quería ponerme a jugar a los acertijos, no en ese momento en el que mi hermana y Azpiazu estaban atadas y nuestra vida pendía de un hilo. Si tan solo tuviera algo encima con lo que cortar sus cuerdas...

¡Las cerillas! Aún llevaba la caja de cerillas en el bolsillo de la chaqueta. ¿Podría llegar hasta Rata y Azpiazu, y liberarlas? Pero tan pronto como intenté acercarme a ellas, el Zote me cortó el paso, poniéndose en medio.

—No te muevas, chico.

Me volví con rabia hacia Ovella, que sonreía como un cachorro delante de una cena sin vigilancia.

—¿Qué es lo que quieres? Ya manejas la empresa de nuestros padres, seguro que has conseguido más dinero del que puedes gastar.

—Aún no —respondió con una sonrisa torcida y un brillo febril en la mirada—. Pero es cuestión de tiempo. —Por la mirada que le dedicó a Eleonor, parecía que la chica estuviera hecha de caramelo y él llevara años a dieta.

—¿Qué es lo que quieres? —repetí.

—La empresa de tus padres guarda muchos tesoros, y los más valiosos no están hechos de oro, sino de magia. En una de sus cajas fuertes tienen una reliquia que vale mucho más que todas vuestras miserables vidas. Se dice que era la corona del mismísimo rey Midas... y que todo lo que toque quien la lleva se vuelve de oro puro. Tus padres ni siquiera creen que su poder sea real. Los muy estúpidos... —Soltó una carcajada—. Aun así, sospechan que es lo bastante valiosa como para protegerla y no compartir la forma de abrir la caja fuerte ni siquiera conmigo. Por eso te necesito.

Se giró hacia Eleonor con esa sonrisa lobuna. La fantasma apretó los puños.

—Me debes respuestas a tres preguntas, ¿verdad?

—Así es. Y esta cuenta como la primera —respondió Eleonor desafiante—. Te quedan dos más.

Ovella parpadeó, sorprendido, y frunció el ceño. Su sombra pareció alargarse y me temí que se convirtiera de nuevo en ese monstruo, pero respiró hondo y la miró con gesto de desprecio.

—Dos preguntas serán suficientes, pequeña tramposa. Dime, ¿dónde guardan la llave de la caja fuerte?

Eleonor se quedó quieta un instante con la mirada perdida. Luego parpadeó y volvió a fruncir el ceño para mirar a Ovella.

—En la estantería del estudio. Dentro de un libro falso de cuentos clásicos.

—Debí haber buscado también ahí —se dijo Ovella, que se pasó la lengua por los labios con gesto ansioso—. Bien, sé que también hay una combinación de números que protegen la cámara. ¿Cuál es?

Esta vez la expresión de Eleonor se quedó ausente mucho más tiempo. Al volver, miró a mi hermana y luego su mirada se cruzó con la mía. Estaba seguro de que le hubiese encantado echarme una mano, pero no era capaz de hacerlo.

—La combinación es la fecha más importante de sus vidas.

—¡Eso no es una respuesta! —ladró Ovella, inclinándose sobre ella de forma tan amenazante que, si yo hubiera estado en su lugar, me habría puesto a temblar de la cabeza a los pies.

Pero no es tan fácil intimidar a una chica muerta. Y menos cuando su piel, su vestido y su cabello se estaban volviendo cada vez más translúcidos. Eleonor había dado tres respuestas y estaba desapareciendo.

Con el último vestigio le lanzó una sonrisa burlona.

—Es una respuesta. Tendrás que preguntarles a ellos —dijo señalándonos con una mano que se desvaneció poco a poco en el aire.

Era como si Eleonor estuviera hecha de humo que se dispersaba con el viento. Comprendí lo que estaba haciendo: nos había regalado algo más de tiempo. Rata y yo sabíamos, sin ningún tipo de duda, a qué fecha se refería, pero no era un día tan obvio para alguien que no perteneciera a nuestra familia. Aun así, los dos nos quedamos muy callados. Como si no supiéramos cuál era esa fecha tan especial.

Si solo nosotros conocíamos la respuesta, Ovella iba a tener que mantenernos con vida hasta que se la diéramos. A lo mejor, si era lo bastante listo, podía intentar negociar con él.

No sé si sería capaz de hacerlo. Ovella dejó escapar un gruñido de rabia entre los dientes que hizo que se me erizara el pelo de la nuca. Eleonor, antes de desaparecer del todo, me guiñó un ojo, como yo había hecho con ella en las ruinas de la posada.

—... en los detalles...

Su voz se desvaneció al mismo tiempo que ella.

¿Qué quería decir? ¿Cómo iba a ser eso suficiente para enfrentarme a un ser capaz de transformarse en un lobo diabólico? Ovella dominaba la magia oscura y yo solo era un adolescente con una pista misteriosa, una caja de cerillas y algo más de tiempo. Traté de dar un paso más hacia mi hermana, pero Zote me agarró de los hombros en ese momento.

Ovella le lanzó la mirada que se le dedica a un perro obediente y chasqueó los dedos:

—Átale también. Será mejor que no dejemos cabos sueltos.

20

Los detalles

El viaje hasta la posada había sido un paseo agradable en comparación con el trayecto que nos esperaba hasta regresar a Madrid. La buena noticia era que Ovella había venido en su propio coche, así que no tuvimos que hacer todo el viaje en la parte de atrás de la camioneta de Zote. La mala fue que nos pasamos todo el viaje atados, apretados en el asiento de atrás de su coche y escuchando una y otra vez las mismas cuatro canciones machaconas.

—Esto es algún tipo de tortura —se quejó Rata pateando el asiento del copiloto. El motorista, que estaba allí sentado para vigilarnos mientras Ovella conducía, le dedicó una mirada asesina—. ¡Tortura psicológica! Quiere derretirnos el cerebro para que digamos la fecha.

—No me hace falta torturaros para que me deis la información —contestó Ovella con voz melosa—. Si lo

hiciese, sería de una forma bastante más desagradable; pero espero que seáis lo suficientemente listos para querer solucionar esto de forma civilizada.

—Desde mi punto de vista, es bastante poco civilizado recurrir al secuestro y mantenernos atados durante todo este viaje —intervino Azpiazu en tono cortante.

Ovella levantó la mano del volante para restarle importancia con un gesto, como si habláramos de que el aire acondicionado estuviese muy bajo, o si nos quejásemos de que teníamos que estudiar demasiado durante esa semana.

Me había preocupado que quisiera deshacerse de ella. Casi esperaba que la dejase abandonada o en la furgoneta del Zote. Por suerte, había decidido que viniera con nosotros y era un alivio que estuviera a nuestro lado.

El paisaje de la ventana cambió, dejamos atrás las explanadas salpicadas de árboles y nos adentramos en la ciudad. Los bloques de pisos dieron paso a los rascacielos.

—¿Aún no vas a decirme a qué fecha se refiere el fantasma? —preguntó Ovella—. Será más fácil para todos si colaboras.

Me removí fingiendo estar inquieto.

—No estoy seguro. A lo mejor es el Día de la Madre —mentí—. Mi padre siempre le regala una planta con flores y prepara un desayuno espectacular.

—O puede ser el primer día de colegio —elucubró Rata, que no perdía la sonrisa de burla—. ¡Después del verano siempre dicen que están deseando que volvamos a clase!

Por supuesto, no eran esos días. Mis padres siempre habían querido formar una familia. Cualquiera podría pensar que sería su aniversario de bodas o el día que yo nací. O la fecha de nacimiento de Rata, que fue cuando nuestra familia se completó del todo. Pero los dos sabíamos muy bien que, aunque se trataba de fechas importantes, no eran su favorita.

Nuestra madre se quejaba a veces de lo duro que había sido el parto, especialmente el de Rata, que se complicó porque nació muy pronto y tuvo que estar un mes ingresada. Por eso siempre celebrábamos esa fecha, el día en el que le dieron de alta y Rata pudo venir a casa.

Cada catorce de abril, mis padres nos invitaban a cenar y nos dejaban pedir hamburguesas, patatas y helado.

Se cogían de la mano y nos contaban la emoción que sintieron cuando por fin entraron con Rata en casa. Esa era la fecha más importante para ellos.

Ovella resopló y les lanzó una mirada asesina por el retrovisor.

—Más vale que lo penséis muy bien en lo que queda de camino. No quiero perder el tiempo.

—Nos esforzamos muchísimo —se burló Rata—. ¡Estoy pensando tan fuerte que casi se me escapa humo por las orejas!

Yo suspiré. ¿De qué nos servía saber qué día era el más importante? ¿Para ayudar a Ovella a coger la reliquia que tanto deseaba? Esa corona que, si funcionaba, le volvería el hombre no solo más cruel, también el más rico del mundo. No quería saber qué tenía pensado hacer con nosotros cuando lo consiguiese. La oscuridad del aparcamiento nos engulló y me hizo sentir un escalofrío. El tiempo se nos acababa.

—Bienvenidos de nuevo a casa —dijo Ovella con una sonrisa torcida—. Jorge, asegúrate de que no hay nadie más en el ascensor. Sería de lo más incómodo encontrarnos con algún vecino cotilla, ¿verdad, chicos?

Rata le sacó la lengua. Azpiazu seguía igual de seria e imperturbable, pero podía notar el enfado en su mirada.

—Lo que está haciendo es de lo más irregular —le dijo cuando nos hizo salir del coche y entrar en fila en el ascensor—. Es poco probable que salga bien parado.

—Soy sumamente inteligente, querida —se pavoneó entrando detrás de nosotros—. Y eso sin contar con el poder de mi magia. Yo me preocuparía más por usted. Después de todo, ya la están buscando por el secuestro de los chicos. Y me aseguraré de que piensen que es la culpable de lo que pase.

¡Por eso había dejado que nos acompañara! Tensé las cuerdas de las muñecas, intentando liberarme una última vez, sin ningún éxito. Aún tenía las cerillas en el bolsillo, pero no sabía si sería capaz de encenderlas con las manos a la espalda. Además, necesitaba que estuvieran distraídos para usarlas.

—Ya que nos has traído de vuelta podrías dejar que nos diéramos una ducha —dijo Rata, que también tironeaba de las cuerdas de las muñecas—. ¡Anda, si tenemos invitados! Hola, señor Zote. Y luego dicen que las ratas son traidoras...

El hombre bajó la vista. Parecía un poco avergonzado de sí mismo, pero no consiguió darme demasiada lástima. La mujer motorista también estaba paseando pasillo arriba y abajo por nuestra casa, como si tuviera todo el derecho del mundo a estar ahí. Me dio tanta rabia verla toquetear el cuadro de la boda de nuestros padres que tuve que apretar los dientes.

—Quita tus manos de la foto —dije.

La mujer me miró sorprendida. Tenía las cejas muy negras y un lunar en la mejilla. Con gesto burlón lo descolgó de la pared y lo tiró a mis pies.

—Claro, chaval. ¡Ahí lo tienes!

Con las manos atadas, no pude hacer nada más que mirar cómo se caía al suelo y el cristal se hacía pedazos. Me incliné como si fuera capaz de recogerlo. Ovella fulminó a la mujer con la mirada.

—Estrella, basta. No vamos a perder tiempo con numeritos.

—Perdón, jefe —murmuró ella—. Venga, chaval, sigue caminando.

Pero yo no me moví. Tenía la vista fija en el cuadro y el corazón me latía con fuerza. Rata apoyó la mejilla en mi hombro tratando de animarme.

—Es solo una foto. Seguro que papá y mamá tienen una copia y podemos arreglarlo. Cuando solucionemos todo esto.

Pero no estaba triste. Estaba paralizado porque, de pronto, había encontrado la pieza que me faltaba, el detalle que le daba forma al puzle. Mi madre, en la foto, llevaba un vestido blanco de volantes y un velo sobre los hombros. Tenía el pelo recogido y estaba girada hacia mi padre, que le sonreía como si fuera la persona más maravillosa del mundo. Había pétalos de rosas que caían a su alrededor y se sujetaban el uno al otro con las manos entrelazadas. Las alianzas de boda se rozaban, discretas y doradas.

Dos anillos de oro casi idénticos.

Nunca le había prestado demasiada atención a ese detalle. Si lo hubiera hecho, me habría dado cuenta mucho antes de que el anillo que mis padres se acariciaban en sueños no era el mismo, no era de oro, era más grueso y de color plateado.

No era una alianza de bodas. En ese momento comprendí que ese anillo era otro, uno distinto. El que llevaban desde que habían caído en ese sueño tan extraño.

—Vamos, muévete —me ordenó Ovella empujándome para que me pusiera en marcha.

Lo hice, con los pensamientos zumbando con tanta fuerza que parecían avispas furiosas. Ese anillo no era el suyo. ¿Y si no lo estaban acariciando sino que intentaban deshacerse de él? Si conseguía correr hasta el cuarto de mis padres y liberarlos del anillo, podríamos salvarles. ¡Podríamos solucionarlo todo!

Pero ellos eran cuatro, nosotros estábamos atados y no nos quitaban el ojo de encima. Ovella era incapaz de contener más tiempo la sonrisa mientras avanzaba hacia la biblioteca.

—Por fin tengo todo lo que necesito. Después de tanto tiempo... ¡hoy lo conseguiré!

«No eres el único que está a punto de conseguir lo que quiere», pensé siguiéndole de cerca. «Tú necesitas que te ayude a abrir esa caja. Yo solo necesito soltarme».

El pesimismo que me había hundido cuando llegábamos a casa se había convertido en adrenalina que me ardía en las venas.

21

Consulta en la biblioteca

La biblioteca de mis padres era mi cuarto preferido de la casa. Una sala pequeña en la que todas las paredes estaban cubiertas de estanterías. ¡Incluso la de la ventana! El mueble estaba hecho a medida para que la luz pudiera pasar y se abriese en los días buenos.

Los libros de las baldas más bajas eran álbumes ilustrados y libros infantiles. Había una alfombra que cubría todo el suelo y un par de pufs en los que había pasado horas sentado, con la nariz metida en mis libros favoritos. Rata había pintarrajeado varios de sus cuentos, pero mis padres aún los guardaban. Decían que esos libros eran más especiales que cuando los compraron.

A media altura estaban mis libros de aventura y de misterio, y en las baldas más altas, los que les gustaba leer a mis padres. A mi madre le encantaban los de crímenes y a mi padre aquellos llenos de fantasía, magia y dragones. En las últimas baldas, pegados al techo, se situaban aquellos tomos que casi nunca usábamos. Enciclopedias antiguas. Tratados, libros de ciencias o de viajes. Novelas con más años que mis padres y páginas casi transparentes de lo gastadas que estaban. Y, entre esos libros, había un tomo de color púrpura y letras doradas. «Cuentos tradicionales», se leía, con una caligrafía ancha y elegante.

Nunca lo habíamos cogido y, desde que Eleonor nos dijo dónde estaban las llaves, sabía perfectamente a qué libro se refería. Pero no pensaba ponerle las cosas fáciles a Ovella, así que me mantuve en silencio al lado de Rata mientras él y sus esbirros perdían tiempo buscando entre las baldas de la biblioteca. Aproveché para retorcerme lo suficiente y poder coger la caja de cerillas del bolsillo de la chaqueta.

Una estancia llena de libros hasta el tejado no era el mejor lugar para encender una cerilla. Además, Zote se había quedado en la puerta, de brazos cruzados, lanzándonos miradas de cuando en cuando para asegurarse de que no intentábamos escapar. Oculté la caja en la manga de la chaqueta; ahí las tendría escondidas y listas para ser usadas. Me incliné sobre mi hermana, que en ese momento regañaba a la mujer motorista por la forma en la que trataba sus libros.

—¡No los tires al suelo! Es mi colección favorita. ¡Si hasta tengo el primero firmado!

La mujer, Estrella, no le hacía ningún caso. A mí me venía bien el revuelo para poder susurrarle sin que me escucharan.

—Rata, ya sé cómo salvar a nuestros padres.

—¿QUÉ? —Mi hermana dio un salto girándose hacia mí con demasiada emoción—. ¿Cómo?

—¡Baja la voz! —siseé.

Miré a mi alrededor, pero Ovella y sus esbirros seguían concentrados en buscar el libro de cuentos. No teníamos demasiado tiempo.

—Tengo las cerillas —dije—. Y creo que puedo quemarte las cuerdas. Tienes que acercar tus manos a las mías. Pero, cuando te libere, debes disimular hasta que puedas echar a correr.

—¡No hay problema! —exclamó con una enorme sonrisa mellada—. Me encanta el teatro. Ya sabes que en la función de Navidad fui la oveja que mejor balaba.

—¡Cómo olvidarlo! —suspiré antes de ponerme serio de nuevo—. Tienes que quedarte muy quieta. No quiero quemarte por accidente. ¿Preparada?

Rata asintió con expresión decidida. Se giró con más discreción de la que me esperaba, y noté la cuerda de sus muñecas contra mis dedos. No estaba tan fuerte como la mía, pero sí que se habían asegurado que mi escurridiza hermana no se pudiera liberar.

Cogí la caja de cerillas y la abrí lo suficiente para tomar una sin que el resto se me escapara. Esa era la parte fácil. Encenderla de espaldas y con las manos atadas resultaba bastante más complicado. La sujeté con firmeza e intenté encenderla. Demasiado lento. No pasó nada.

Lo intenté una segunda vez con más fuerza. El palito se me escurrió y la cerilla cayó sobre la alfombra. Al menos era lo bastante pequeña como para no hacer ningún ruido, y la pateé con disimulo para que quedara escondida bajo la pila de libros.

—Estoy perdiendo los nervios —masculló Ovella tirando otro tomo al centro de la habitación.

—Te entiendo mejor de lo que crees —murmuré para mí mismo cogiendo otra cerilla.

Esta vez escuché el siseo del fuego al primer intento. De la emoción casi se me olvidó moverme hasta que noté el calor en las puntas de los dedos.

Me agaché despacio. Estiré la cabeza por encima del hombro para asegurarme de que no quemaba la piel de mi hermana. La cuerda tardó en prender, pero por fin las hebras se pusieron incandescentes y empezaron a romperse.

—¡Ay! —Rata ahogó un grito cuando su cuerda empezó a arder.

¡Las llamas le rozaron la muñeca! Dejé caer la cerilla al suelo y apagué las llamas cubriendo con la mano la parte de la cuerda que ardía. Apreté los dientes para no hacer ningún ruido cuando me quemé la palma de la mano.

—¿No huele a chamusquina? —dijo Estrella olisqueando.

¡La cerilla encendida había caído sobre la alfombra! Por suerte, Rata fue más rápida y puso un pie encima apagándola. Cuando nos miró, los dos estábamos muy quietos y con una expresión de lo más inocente. Como si no hubiéramos roto un solo plato en nuestra vida, como si la palma de la mano no me ardiera y como si no hubiéramos estado a punto de provocar un incendio en la biblioteca.

—No te distraigas —la reprendió Ovella sin tener ni idea de lo mucho que le agradecí la orden.

—¿Estás bien? —le pregunté a Rata.

Ella asintió con una sonrisa traviesa.

—Has quemado el nudo. Con un tirón puedo soltarme.

La alegría que sentí duró muy poco tiempo. No podíamos ni celebrarlo. El chico, Jorge, estaba ya muy cerca del libro falso de cuentos.

—Escucha, Rata, lo que mantiene a papá y mamá dormidos es...

—¡Lo tengo, jefe! —exclamó Jorge sacudiendo el libro por encima de su cabeza.

—¡Fantástico! —Ovella casi nos arroya al pasar a nuestro lado.

«¡El anillo!», quería decirle a mi hermana. «¡El anillo es lo que les hace estar dormidos!», pero Ovella había cogido la llave y se giraba hacia nosotros con toda su atención puesta en mí.

—Vamos hacia la caja. Espero que hayas tenido tiempo de reflexionar sobre cuál puede ser el día que tanto importa a tus padres.

Me encogí de hombros intentando parecer tan desconcertado como podía.

—Puede ser su aniversario. Son unos románticos.

—No quiero un «puede ser» —dijo acercándose mucho

a mí—. Quiero la respuesta. Vamos, piénsate bien qué me vas a decir en el camino hasta la caja fuerte, porque te aseguro que cada equivocación te dolerá a ti más que a mí.

Tiró de mí para que me empezara a mover. Estrella cerraba la marcha y frunció el ceño al fijarse en la quemadura de la alfombra.

—¿Qué es esto? Os dije que olía a quemado.

—Me pregunté lo mismo —dijo Azpiazu con indiferencia—. No sé cómo puede una quemadura de años seguir desprendiendo olor a humo, pero no hay forma de deshacerse de eso.

Agradecí que nos cubriese. No era una mentira lo suficientemente buena para engañar a Ovella, pero este tenía la mirada vidriosa y sus gestos eran nerviosos. Estaba impaciente por poner sus manos encima del tesoro que mis padres guardaban en la cámara, y creo que ni siquiera se detuvo a escucharnos. Zote y Jorge abrían la marcha. Ovella me llevaba del brazo. A su espalda, Rata podría escabullirse sin ser vista. Era el momento perfecto, pero no había logrado decirle cómo salvar a nuestros padres.

Alcé la cabeza para mirarla. Ella tenía expresión interrogante, como si esperase una señal por mi parte. Vocalicé la palabra «anillo», pero, por su forma de fruncir el ceño, supe que no entendía lo que intentaba transmitirle. No quería decirla en voz alta, porque entonces Ovella sabría a qué me refería. A lo mejor, después de estar tan cerca, no lográbamos salvarnos.

Pero Rata podría salvarse.

Asentí con un gesto firme, desviando la cabeza hacia las escaleras. Ella dudó un poco, pero me devolvió el asentimiento. Detrás de ella estaba Azpiazu y, por último, Estrella. Era difícil escaparse de su vista, pero no imposible. Y mi hermana sabía hacer honor a su mote. Aprovechando un descuido, se escondió detrás de un mueble y se quedó sola deshaciéndose de las cuerdas.

Miré hacia delante para no delatarla, ocultando una sonrisa.

Habríamos perdido, sí, y por dentro me moría de rabia. Pero mi hermana se escapaba. Tendría que conformarme.

22

En la boca del lobo

Rata se escabulló como si de verdad fuera un roedor pequeño y silencioso. No fue hasta que llegamos al despacho de mis padres cuando Ovella se fijó en que no estaba.

—¿Y la mocosa? —bramó con esa voz terrorífica que hizo que sus tres matones palidecieran y que Azpiazu arqueara una ceja.

—Debo decir que no aprecio que se falte al respeto a los niños en mi presencia. Es de mal gusto.

—¿Dónde está? —gritó Ovella ignorándola.

—Yo... yo... —tartamudeó Jorge.

—¡No quiero balbuceos! Vosotros dos, ¡id a buscarla! —Señaló a Jorge y a Estrella con el dedo—. ¡Traedla inmediatamente o me encargaré de prepararos la peor maldición que nunca haya lanzado!

Estrella y Jorge desaparecieron inmediatamente llamando a gritos a mi hermana. Confiaba en que Rata fuese más ágil que ellos y que no la encontraran. Aun así, sentí un tirón en el estómago. No pude dedicarle más pensamientos porque Ovella me atravesó con la mirada.

—Ya me encargaré de ella, no te preocupes. No puede correr mucho con las manos atadas a la espalda.

Me esforcé en ocultar la sonrisa que me provocaban sus palabras. En eso se equivocaba bastante. Me pregunté si Estrella y Jorge se atreverían a decirle que habían encontrado las cuerdas con las que habían atado a mi hermana o si les daría demasiado miedo.

Ovella había apartado el cuadro del atardecer en el mar. Lo lanzó al otro lado de la sala sin miramientos. Yo sabía que el que destrozase mi casa, el cuadro de mis padres o la biblioteca era el menor de mis problemas, pero me irritaba que maltratase mi casa de esa forma. También a Azpiazu, por la forma en la que arqueaba esa ceja que parecía diseñada para juzgar.

Las voces de los matones se alejaron por las escaleras llamando a mi hermana. Miré hacia la puerta con los dedos cruzados. Esperaba que le hubiera dado tiempo a irse. A lo mejor incluso llamaba a la policía...

Entonces, un movimiento llamó mi atención. Un borrón amarillo que se asomó a la puerta del despacho donde estábamos. ¡Rata! Había burlado a Jorge y Estrella y nos espiaba desde la entrada. Aunque deseaba con todas mis fuerzas que se pusiera a salvo, una parte de mí estaba orgullosa de lo valiente que era mi hermana.

Se había quedado cerca, lo bastante cerca para intentar ayudarnos. Y si yo conseguía lanzarle una señal...

Con una sonrisa eufórica, Ovella metió la llave en la cerradura. Encajaba perfectamente, sin dejar ninguna duda sobre si era o no la correcta. Entonces se giró hacia mí.

—Bien, ¿cuál es ese día tan importante para tus padres? Y nada de jueguecitos.

—No lo tengo tan claro —mentí—. Verás, mis padres estaban muy enamorados. Su *alianza*, su *boda*, era una de las cosas más importantes para ellos.

Ovella me miró perplejo. Por el rabillo del ojo vi aún la sombra de mi hermana pendiente de mis palabras. No había entendido lo que quería decir y no era de extrañar.

Hacer que me entendiese sin que Ovella sospechara era tan difícil como hacer equilibrios en la cuerda floja.

—¿De qué estás hablando? ¿Su boda? ¿Es esa la fecha?

—Bueno, ha sido siempre muy importante. Estoy seguro de que están deseando celebrar sus bodas de *oro*. En su estilo —forcé una carcajada—. A mis padres siempre les ha gustado todo lo *dorado*. Las bodas de plata están más cerca, pero ellos nunca se conformarían con la plata pudiendo ir a por el oro.

Notaba la boca seca. Era difícil fingir que estaba divagando cuando sentía el corazón a punto de escapárseme por la garganta. Ovella no parecía solo confuso, ahora estaba confuso y enfadado.

—Si Eleonor se refería a su fecha de boda, traeros aquí ha sido estúpido —gruñó—. Tengo esos datos apuntados, era la contraseña del móvil de tu madre.

Probó la combinación, pero la pantalla de la caja fuerte parpadeó en color rojo. Pudimos leer el mensaje: «Código erróneo. Quedan dos intentos».

Ovella apretó los puños y pensé que iba a lanzarse sobre mí con un aullido de rabia, pero, cuando se volvió, lo hizo con una sonrisa demasiado dulce.

—Entiendo que estés bastante decepcionado conmigo y que creas que merezco fracasar, pero no tenemos por qué ser enemigos, Loren. —Se pasó la lengua por los labios sin dejar de mirarme. Su pelo se encrespaba por la parte trasera de la cabeza, como el de un perro que gruñe. Se pasó la mano por encima para tratar de disimularlo—. Podemos ganar los dos si colaboramos. ¿Qué es lo que quieres? Puedo darte un regalo a cambio de la combinación. Un bolígrafo que escriba solo todas las respuestas. Un gorro que te haga más inteligente. La promesa de que tu hermana estará sana y salva.

—Oh, suena bien —respondí en tono inocente. Azpiazu se tensó a mi lado, pero no tenía que preocuparse. No pensaba caer en la trampa—. Seguro que no hay una consecuencia siniestra de cada regalo, como que el bolígrafo empieza a escribirme amenazas, que el gorro se alimenta de mis pensamientos o que Rata se convierte en una lagartija... No, gracias.

Ovella inspiró profundamente. Las aletas de su nariz se abrían y cerraban. Podía ver cómo intentaba mantener la calma con todas sus fuerzas.

—Puedo dejaros tranquilos —ofreció. Se pensó mejor algo y sonrió, seguro de que lo que me iba a decir era irresistible—. Incluso puedo decirte cómo romper la maldición de tus padres.

«Vas tarde», pensé, pero fingí meditarlo profundamente, alargando ese momento para que Rata tuviera algo más de tiempo. No había vuelto a ver su cabeza rubia asomada por la puerta. Cruzaba los dedos para que las pistas que había logrado decirle hubieran sido suficientes.

Ovella resopló perdiendo los nervios. Antes de que pudiera amenazarme, solté un suspiro.

—El uno de mayo —mentí—. Ese fue el día que se conocieron.

—¿Estás seguro?

Asentí a pesar de que me acababa de inventar la fecha.

—Sí. Siempre nos cuentan que mi madre fingió que tenía una avería en el coche como excusa para hablar con mi padre. Resulta que mi padre no tiene ni idea de mecánica, pero fingió durante media hora saber del tema para seguir hablando con ella.

—Conmovedor —se burló Ovella, e introdujo la nueva fecha.

«Código erróneo. Queda un intento».

Cuando Ovella se giró hacia mí, sus ojos estaban aún más brillantes que antes. No parecían humanos del todo. Su sombra aparentaba ser mucho más grande. Como si llenase la habitación.

—He intentado ser amable contigo, Loren —gruñó con esa voz que eran dos voces al mismo tiempo—. He intentado ser paciente, pero estás llegando al límite. ¿Quieres que te lo arranque por las malas? No solo puedo, estaría encantado de hacerlo.

Delante de mis propios ojos, su cuerpo empezó a cambiar. Sus músculos palpitaban y se hinchaban, encorvándose hacia mí. Sus huesos daban chasquidos mientras él se deformaba. La mandíbula se desencajó y luego se llenó de dientes afilados. Los ojos de color castaño se volvieron amarillentos. Sus dedos se convirtieron en garras largas que terminaban en uñas gruesas y afiladas.

Tragué saliva. Zote se echó hacia atrás, el hombre parecía a punto de salir corriendo. Azpiazu hizo lo que pudo por permanecer imperturbable, pero su cara se quedó tan blanca como la pared.

La bestia en la que se había convertido Ovella resopló. Su aliento cálido y húmedo me golpeó la cara como una bofetada. Abrió tanto la boca que la cabeza me cabía dentro y, cuando se inclinó sobre mí, estuve seguro de que me la iba a arrancar de un bocado.

En el último momento, se desvió y me clavó los dientes en el hombro.

Se me escapó un grito de dolor y de miedo. Sentía los colmillos afilados que me empezaban a atravesar la piel. Escuché el gruñido de satisfacción del monstruo. El dolor me hacía retorcerme, pero el lobo gigantesco no se detenía. ¡Estaba dispuesto a arrancarme el brazo si no hablaba!

—¡Déjale! —gritó Azpiazu dando patadas al monstruo, que no se inmutó—. ¡Suelta al chico!

—¡Catorce de abril! —chillé—. ¡El catorce de abril es el día más importante para mis padres! Es cuando a Rata le dieron el alta. ¡Cuando vino a casa!

En el tiempo en el que tardé en dar dos pestañeos, Ovella había recuperado su forma humana. Se peinó el pelo rubio con los dedos y me dedicó una sonrisa que parecía la de un anuncio de dentífricos.

—No era tan difícil, ¿verdad, Loren?

Yo aún estaba jadeando y sentía las pequeñas heridas que sus dientes me habían dejado en el hombro. Acababa de soltar la información que necesitaba de mí, ya no tenía ningún otro motivo para dejarme vivo. Solo esperaba que Rata estuviera lejos y que no pudiera hacerle ningún daño.

Ovella se inclinó sobre la caja fuerte y puso la contraseña. Esta vez la pantalla se puso en verde, y soltó una carcajada de victoria cuando la puerta se abrió sin resistencia.

—Por fin —gruñó con una voz siniestra.

Introdujo la mano y cogió lo que parecía una corona antigua con varias piedras brillantes que la adornaban. La admiró como si fuera el cromo dorado en edición exclusiva que le faltaba para terminar su colección. Pasó los dedos por su relieve, maravillado.

—Por fin es mía —susurró, y entonces se giró hacia mí con esa horrible sonrisa torcida—. Ha sido un placer pasar este maravilloso día contigo, Loren, pero, como te imaginarás, ya no te necesito. Sin rencores, ¿verdad?

Y dio un paso en mi dirección con esa forma siniestra de mirarme.

—¿Sabes, Loren? Siempre me he preguntado una cosa. —Su sonrisa se hizo tan amplia que ya no parecía humana—. Si funcionará en humanos. Supongo que ahora lo sabremos.

Tragué saliva. Alguna vez me habían dicho que tenía un futuro dorado. Desde luego, no pensaba que se refirieran a eso.

Entonces pasaron dos cosas.

Primero, Estrella y Jorge entraron gritando en el estudio.

—¡No están! Se han ido, ¡la habitación está vacía!

—¿De qué estáis hablando? —gruñó Ovella.

—Los padres del chico. ¡No están en la cama! ¡Se han ido!

Un momento después, las luces de la casa se apagaron. Todas.

23

Pesca para principiantes

Durante un instante, todo se quedó sumido en una oscuridad y un silencio tan profundos que sentí que nos habíamos metido dentro de un agujero negro. Luego hubo un parpadeo rojo desde el pasillo: la luz de emergencia. Una voz mecánica anunció desde la entrada:

—Protocolo de emergencia nivel uno: activado. Puertas selladas. Policía en camino. Por favor, no se muevan y mantengan la calma. Toda su actividad está siendo monitorizada.

Se me escapó una carcajada triunfal.

—Robar a los dueños de una empresa de seguridad tiene sus desventajas —me burlé—. Quizá deberíais haberlo pensado mejor.

—Yo no puedo ir a la cárcel —dijo la voz de Jorge—. ¡Todos mis amigos han salido ya de allí!

—Nadie va a ir a la cárcel —dijo Ovella.

Con el parpadeo rojo de las luces pude ver que sostenía la corona por encima de su cabeza, a punto de ponérsela.

—No sabéis cuánto vale esta reliquia. Con ella, seré totalmente invencible. Me da igual que venga la policía, los bomberos o la tuna. Yo...

No lo pensé. No tenía ningún plan. Simplemente sabía que no podía permitir que se la pusiera por si acaso tenía razón y la corona le hacía así de poderoso. Con las manos aún atadas, eché a correr para embestirle con todas mis fuerzas.

—¿QUÉ HACES? —aulló Ovella perdiendo el equilibrio.

Los dos caímos al suelo y la corona salió disparada. Rebotó contra la pared y rodó por la habitación. Zote se agachó para cogerla, pero Azpiazu fue más rápida. Mi institutriz le dio una patada que no tenía nada que envidiar al mejor delantero del Real Madrid. Con un tintineo, la corona salió disparada hacia la puerta, deteniéndose justo a los pies de unas pantuflas blancas. Las reconocí inmediatamente.

—¡Mamá! —grité a punto de temblar de felicidad.

Mi madre tenía unas ojeras que se notaban incluso con la luz roja del pasillo. Detrás de ella, estaba mi padre con el pelo revuelto y el batín mal anudado. Fue él quien se agachó para coger la corona.

—Recuérdame, querida, que la próxima vez que busquemos un secretario, nos aseguremos de que las referencias no sean falsas.

—Ya te dije que me parecía demasiado bueno para ser cierto —respondió mi madre. A pesar del tono desenfadado, clavaba con rabia los ojos en Ovella—. No volveremos a equivocarnos tanto.

Ovella se tensó, aún debajo de mi cuerpo, pero entonces su mano se convirtió en una garra con la que me sujetó del cuello. Hizo que mi madre ahogase un grito y que mi padre diera un paso hacia nosotros.

—¡Suelta inmediatamente a mi hijo!

El grito de mi padre cuando Ovella me agarró no tuvo nada que envidiar a la amenazante voz del mismo Ovella cuando hablaba en plan tenebroso. Incluso noté como dudaba. Por desgracia, solo fue un instante, y luego noté algo cálido y afilado contra mi cuello. Por la forma en la que mi madre abrió los ojos, horrorizada, imaginé que Ovella amenazaba con clavarme en la piel una de sus garras. Tragué saliva.

—Seguro que encontramos una solución civilizada —intervino Azpiazu.

Mi padre se fijó por primera vez en ella. A pesar de la tensión, frunció el ceño.

—Y usted, ¿quién es? ¿De qué parte está?

—¡Eso no importa ahora! —gritó Ovella dando un golpe con el pie en el suelo—. Lo que quiero es que me deis la corona. ¡Ahora mismo! Si no lo hacéis...

Apretó con más fuerza la uña. Mi padre alzó las manos:

—Se la daremos, por favor, no haga daño a mi hijo. Querida, dale la corona.

—Amor, yo no la tengo. La habías cogido tú —murmuró mi madre.

—¿Qué? Si te la he dado... —respondió mi padre de lo más desconcertado.

—¡He dicho que basta de juegos! —bramó Ovella—. ¿Dónde está la dichosa corona?

Escuchamos una risita a nuestra espalda. Una risita que conocía muy bien. Me giré justo a tiempo para ver cómo Rata saltaba sobre Ovella con las manos extendidas al grito de:

—¡Sorpresa!

La corona, sobre sus rizos, lanzó un destello dorado tan pronto como le tocó. Luego el destello pasó a las manos de mi hermana, y de ahí a la piel de Ovella, que abrió la boca para dar un grito. O a lo mejor para transformarse. No le dio tiempo a una cosa ni a la otra. Su cuerpo empezó a ponerse rígido y con un brillo metálico. Su expresión se congeló. Yo me zafé de su agarre un instante antes de que se convirtiera en una estatua de oro.

Mis padres tenían la boca abierta de par en par. Estrella y Jorge echaron a correr, seguidos de Zote que, mientras huía, se lamentaba por el peral que nunca iba a conseguir. Ninguno llegó muy lejos, pero no fuimos nosotros, sino la policía, quien se encargó de capturarlos. Porque los cinco nos quedamos quietos, mirando boquiabiertos la estatua de oro que, un instante antes, era un hechicero tratando de acabar con nosotros.

Rata le dio un par de golpes. Sonaba a metal. Se quitó la corona y la dejó caer al suelo.

—Mis niños… —suspiró mamá. Ella y papá abrieron los brazos y Rata y yo nos lanzamos sobre ellos como si fueran un bote salvavidas en mitad del océano.

Epílogo

Solía pensar que mi vida era tranquila, estable, que no iba a tener que enfrentarme a desafíos más grandes que esforzarme en sacar buenas notas en clase, conseguir algún pódium en ciclismo o mantener la habitación ordenada para que mis padres no me prohibieran jugar a videojuegos. Pensaba que la mayor aventura que iba a vivir sería una mudanza o rescatar algún gatito en problemas de un árbol.

En vez de eso, había descubierto que las maldiciones que aparecían en los cuentos eran muy reales. ¡Y de lo más peligrosas! Pero, más importante todavía, a pesar de ser letales, había aprendido que todas ellas podían deshacerse. Y que, aunque yo tuviese trece años y mi hermana Rata ni siquiera hubiera cumplido los nueve, éramos capaces de enfrentarnos a ellas.

Supongo que a veces no te das cuenta de lo fuerte o listo o valiente que eres hasta que tienes que hacer frente a algo que parece más grande que tú.

Volver a la normalidad, como puedes imaginarte, fue algo complicado. Mis padres se habían perdido meses de nuestra vida. Y, aunque habían sido lo bastante ágiles para comprender lo que pasaba en el momento en el

que se despertaron, la cara que se les puso cuando Rata convirtió a Ovella en una estatua dorada fue épica. Hasta ese momento, pensaban que se le había ido la cabeza, no que fuera un hechicero dispuesto a acabar con nosotros, ni que tuviéramos en nuestra propia casa una corona capaz de hacer que todo lo que tocásemos se volviese de oro.

Por suerte, la policía pensó que era un capricho raro, pero no un hombre de carne y hueso transformado en metal.

Cuando apresaron a Zote, Jorge y Estrella, y después de aclarar que Azpiazu quería protegernos y no secuestrarnos, hicimos las presentaciones correspondientes. Nuestra institutriz preparó medio litro de café que mis padres saborearon como si fuera un elixir mágico. Sentados en la mesa de la cocina, Rata y yo les contamos todo lo que se habían perdido. Azpiazu añadía algunos detalles o sacudía la cabeza en los momentos en los que mi hermana se ponía creativa.

Tuve que explicarles que el tono blanco de mi pelo no había sido una locura del momento, y que no, no se iba por mucho que intentara lavarlo. Igual que no era casualidad que se hubiesen quedado dormidos al ponerse los anillos que les había dado Ovella. Por supuesto, les había hecho firmar un trato. Mis padres llevaban un tiempo con mucho estrés y él les trajo esos anillos que, según les prometió, les harían dormir profundamente.

¡Y tan profundamente!

—¿Seguro que todo esto no es una broma? —dijo mi madre cuando acabamos.

—Es imposible —añadió mi padre.

—Vosotros habéis visto con vuestros propios ojos lo que ha pasado con Ovella —respondí, y tuvieron que asimilar que la magia existía y había que tener mucho cuidado con ella.

No fue difícil convencer a nuestros padres de que Azpiazu siguiera contratada. Era una mujer responsable y, bueno, nos había defendido incluso de poderes oscuros.

Estaban encantados con la forma en la que ella cuidaba de nosotros y se aseguraba de que lleváramos los deberes hechos o comiéramos sano.

Después de tanta aventura, volver a la rutina resultó lo más extraño de todo. Concentrarme en clases, extraescolares, quedar para hacer trabajos en grupo o ir a pasar la tarde en casa de algún amigo era más raro que nunca ahora que sabía que existían fuerzas sobrenaturales. Al menos, las maldiciones se habían terminado.

O eso pensaba, hasta que, al volver a casa un viernes, noté el trino de un pájaro cercano.

Parecía un mirlo. Quizá un cuervo. ¿Me estaba siguiendo? Aunque también podía ser solo casualidad... No le di mucha importancia y continué caminando. Había mucha gente en la calle, pero ninguna parecía fijarse en ese pajarito que trinaba cerca de mi oído. Casi como si quisiera llamar mi atención.

—Chip, chip, chip —insistió revoloteando a mi alrededor.

—¿Qué quieres? —pregunté alzando la cabeza.

Y, entonces, el pájaro negro dejó caer algo sobre mí. Lo atrapé al vuelo. Era un largo cordón dorado cálido al tacto. Lo sujeté con cuidado. El pájaro se había posado sobre un semáforo. Me devolvió una mirada humana. Tragué saliva, pero, antes de que pudiera decir algo, alzó el vuelo y se alejó volando.

Acaricié el cordón en mi mano. Al mirarlo mejor, vi unas letras en una caligrafía tan extraña que ni siquiera era capaz de descifrarlas.

Parpadeé, pensativo, y me guardé en el bolsillo el cordón dorado.

Había rescatado a mis padres y habíamos detenido al diablo Cojuelo, pero me había equivocado en algo: las maldiciones no se habían terminado.

Aquí acaba este libro
escrito, ilustrado, diseñado, editado, impreso
por personas que aman los libros.
Aquí acaba este libro que tú has leído,
el libro que ya eres.